Jannik Schaufler

KOMPLETT LOST

Wir Selbstoptimierer

Essay

Bibliografische Information der Deutschen Nationalbibliothek:
Die Deutsche Nationalbibliothek verzeichnet diese Publikation
in der Deutschen Nationalbibliografie; detaillierte
bibliografische Daten sind im Internet über http://dnb.dnb.de
abrufbar.

Coverbild: Julian Beekmann
Korrektorat: Franziska Reng

Herstellung und Verlag: BoD – Books on Demand, Norderstedt

ISBN: 978-3-7534-5491-7

Über den Autor

Student, Spitzensportler, Podcast Host. Jannik ist *Performer* durch und durch. Getrieben, rastlos und immer auf der Suche. Dem Optimierungszwang verfallen reflektiert er präzise. Stets in Versuchung, doch niemals erhaben.

In polemischer Art und Weise fühlt der Autor unserem Geltungsbedürfnis auf den Zahn. Als Millennial moniert er die moderne Meinungsbildung, hinterfragt unseren Konsum und appelliert an das Miteinander. Den Herausforderungen der Neuzeit begegnet er in sarkastischer Manier und vermittelt gleichzeitig ein Gefühl der Hilflosigkeit.

lost

Adjektiv – verloren, erfolglos, misslungen, vergebens

Prolog

Ich lag falsch. Euch kann ich es ja sagen, schließlich sind wir hier unter uns. Jahrelang unterlag ich dem Irrtum, dass mich das Lesen einer Hand voll Bücher zu einem besseren Menschen machen würde. Über falsche Versprechungen zum Opfer eines Phantoms: Marketing. Und obwohl ich mich heute einen Akademiker nennen darf und auch ansonsten alles Erdenkliche getan habe, was mich zu einer Koryphäe auf sämtlichen Ebenen unseres Zusammenlebens befähigt, möchte ich euch nichts vorgaukeln.

Deshalb eines vorneweg: Das hier ist kein Ratgeber zu einem glücklicheren Leben. Kein Leitfaden oder sonst irgendeine Methode, nach deren Lektüre sich Sorgen und Probleme wie durch Zauberhand in Luft auflösen. Auch muss ich all diejenigen enttäuschen, ich würde ihnen in ein paar Seiten einen Leitfaden zu finanzieller Freiheit darreichen. Entgegen anderen Intellektuellen werde ich mich zügeln, das Präfix *ultimativ* zu verwenden. Nichts, was nur annähernd einem bestimmten Effekt nahekommt und schon gar kein Geheimrezept.

Vielmehr möchte ich mit Vorurteilen aufräumen. Und zwar nicht derart, wie es andere Besserwisser-Literaten ach so gerne tun. Nein, ich habe die Weisheit nicht mit Löffeln gegessen. Zumindest noch nicht, denn Weisheit kommt ja ohnehin erst *mit dem Alter*.

Nein, ich möchte darlegen, welche Stimmung meine Generation durchfährt und versuchen zu erörtern, welche Motive dieser zugrunde liegen. *Meine Generation* sei ja ohnehin so vieles. Scheinbar wissen alle ganz genau wie es ist, in einer Welt der Reizüberflutung groß, respektive alt zu werden. Sollen die doch mal versuchen, jedem zu gefallen, dabei fünf soziale Netzwerke zu bedienen und ganz nebenbei einen Teil zur Rettung der Menschheit beizutragen. Die Mehrheit versteht nicht, wie eine Generation mit derart vielen Möglichkeiten so etwas wie Druck empfinden kann. Aber doch bitte ja ein Start-Up gründen. Unser Wohlstand beruht schließlich auf Innovation.

Als Globalisierungsgewinner finde ich mich in einem Umfeld wieder, welches die Beratung für alles und jeden in Anspruch nimmt. Lebenslauf, Essenszubereitung, ja sogar der Mittagsschlaf. Alles, wirklich alles muss optimiert werden.

Gleichzeitig stürzen wir uns in Extreme, ganz oder gar nicht. Immer gegen, nie dafür. Freiwillig ergeben wir uns dem Druck der Gesellschaft, irgendwie bedeutend sein zu müssen. Und wenn schon nicht das nächste GAFA-Unternehmen aufziehen, dann doch wenigstens den Klimawandel bekämpfen. Mittelmaß, nicht mit uns.

Diffamiert durch Ungeduld und Wankelmut, entdecken wir simple *Lösungen*. Dabei wusste schon Oma: Gut Ding will Weile haben. Doch wer könnte es uns auch verdenken, schließlich macht es uns der technische Fortschritt äußerst einfach. Ein Swipe, und der Amazon-Bote liefert frei Haus.

Schon früh kommt der Nachwuchs in den Genuss von Dopamin. Es geht um das Sehen und das Gesehen-Werden, online wie im Real Life. In einer Welt, in der Selbstinszenierung fest in der Persönlichkeitsentwicklung verankert ist, streben wir nach Anerkennung. Wie auch sonst Gehör finden in einer Welt, in der es alles schon gibt, Influencer die Meinungsbildung und Algorithmen unseren Alltag bestimmen?

Dabei sei unsereiner ohnehin kritikunfähig. Zwar sind wir Meister im Bewerten, im Rezensieren, im *Judgen*. Allerdings nur innerhalb unserer Komfortzone. Der Begriff *Fake News* wird zum Totschlagargument.

Konfrontiert mit den Gräueltaten der Vorfahren, Krisen der Neuzeit und einer ungewissen Zukunft streben wir nach Me-

Time und wollen gleichzeitig der Schnellste, Beste und Schönste sein. Irgendwo zwischen Hedonismus und Superlativen. Wie passt das zusammen?

Nicht einmal eine Jahrhundertpandemie konnte unserer Ich-Sucht Einhalt gebieten und auch weiterhin hat die Neidgesellschaft in Deutschland Konjunktur. Alle streben wir nach Produktivität und dem nächsten Eintrag auf LinkedIn, Rubrik Berufserfahrung. Denn ja, Leuten meiner Generation ist es verdammt wichtig, was andere von ihnen halten. Und wisst ihr, was das Schlimmste ist? Ich bin einer von ihnen.

Wer bin ich und wenn ja, wie viele? Auch ich möchte meiner selbst ergründen und träume im selben Atemzug davon, der nächste Steve Jobs zu werden. Auf einer Bühne zu stehen und der Menschheit etwas vorzustellen, was ihr Leben prägt, ja gar revolutioniert. Der einzige Unterschied zwischen mir und Steve: Ich bevorzuge Cargo-Hosen.

Selbstverständlich weiß ich um die Farce der Selbstinszenierung, die mit besagtem Optimierungswahn einhergeht. Ich strebe nach Anerkennung, stelle aber stets die selbstverwirklichenden Motive meiner Handlungen in den Vordergrund. Betont lässig nehme ich eine Attitüde an, die einer Schutzhaltung gleichkommt. In dem Wissen um meine Kritikunfähigkeit, im Konflikt mit dem Streben nach Feedback. Ein episches Schattenboxen.

Psychologen zufolge liegt aller Ursprung irgendwo zwischen Eisprung und dritter Klasse. Horoskope bedienen sich eines ähnlichen Musters, Bezugnahme willkürlich. Philosophen würden wohl die Verdrängung der eigenen Vergänglichkeit in die Verantwortung nehmen. Doch sind es heutzutage nicht ohnehin Memes, welche die Gesellschaft am treffendsten abbilden?

Bitte seht mir bereits im Vorfeld die hochfrequente Verwendung von Anglizismen nach, welche ja unweigerlich zu einer Verwässerung, wenn nicht gar *Verseuchung* der deutschen Sprache führt. Bei weiteren Unklarheiten im Kontext meines Sprachgebrauchs verweise ich auf ein Lexikon der Jugendsprache oder die Suchmaschine eures Vertrauens.

Mit Abgabe des Manuskriptes frage ich mich, ob ich dieses nicht schneller hätte fertig stellen können. Im selben Moment schießt mir die Idee in den Kopf, ich könnte diesen Gedanken in Form eines performativen Aktes inszenieren oder ihn als ein Narrativ der Selbstkritik deklarieren. Fehlt nur noch, dass ich hierbei irgendeinen Nimbus bediene. Ein Versuch der Einordnung.

Fortschritt

Ohrstöpsel raus, AirPods rein. Guten Morgen, Welt! Mit wessen Gelaber starte ich heute in den Tag? Bloß keine Stille einkehren lassen, bloß die Morgenroutine planmäßig abarbeiten. Keine Zeit verlieren, das Leben ist kurz. Podcasts laufen grundsätzlich in 1,2-facher Geschwindigkeit. Ein Fünkchen Intimität am Morgen, wen sonst lässt man so nah an sich ran?

Auf dem Nachttisch liegt noch die Blaulichtfilter-Brille, mit der ich bis spät in die Nacht diese neue Serie geschaut habe. *Die muss man gesehen haben.* Naja, ich will eben mitreden. Die Brille hatte der Algorithmus in meinen Feed gespült. Zwei Klicks und einen Gang zur Packstation später ergötzte ich mich mehrere Minuten an meinem neuen, nun sehr intellektuell wirkenden, Spiegelbild. Ein Foto war überflüssig, denn der Roboter hatte meinen Fans an diesem Tag bereits ein Foto samt einem überzeugenden Zitat in die Timeline gespült. Der eigentliche Grund der bereits jetzt gut investierten 14,99 Euro geriet kurzerhand in Vergessenheit. Sollte die Brille doch ursprünglich meinen wohlverdienten Schönheitsschlaf davor bewahren, durch Strahlung meines Second Screens in Mitleidenschaft gezogen zu werden. Wie auch immer, da lag sie nun. Optimierung des Schlafes trifft auf Optimierung des Tages. Andere nennen das schlicht und einfach Aufstehen.

Ich verzichte auf das lebensbereichernde Glas Wasser am Morgen. Die Inschrift *Made in Bulgaria* führt sonst wieder zu einer Wikipedia-Odyssee. Laut Siri heute typisches Bierwetter, also zehn Grad und eine kleine Sonne hinter der Wolke. Zu warm für den Wintermantel, zu kalt für die Übergangsjacke. Und doch Anlass genug, bereits frühzeitig die Planungen für das Feierabendgetränk in Angriff zu nehmen. Willkommen in Deutschland!

Plötzlich verspüre ich das dringende Bedürfnis, N-TV anzuschmeißen. Ich Kosmopolit bin mal wieder geil drauf zu erfahren, was die Nacht über so an der Wall Street los war. Den Wert des Leitindex stets aus dem Effeff, nur keine Blöße geben.

Wieso sonst sind wir so scharf auf Nachrichten? Ist es nicht die soziale Komponente, die Push-Benachrichtigungen auf dem Smartphone erlaubt, um auch ja den eigenen Status zu halten? Hinzu kommt der Wunsch, aus der eigenen Routine auszubrechen, von uns selbst ablenkend. In der leisen Hoffnung, irgendein Ereignis könnte die dem Alltag verfallene Spannungskurve exponentiell ansteigen lassen. Bloß nichts verpassen.

Sehr wohl kann politische Inkompetenz zu einem erhöhten Informationsbedürfnis führen und klar, irgendwie ist es auch unterhaltend, mit anzusehen, wer gegen wen aus welchem Grund gerade einen Krieg führt. Und das, obwohl *wir* natürlich alle Pazifisten sind. Man könnte jetzt die Kausalkette aus technischem Fortschritt, Kapitalismus, Ressourcenverbrauch und Erderwärmung als Ursache allen Übels anfügen und gänzlich verdrängen, dass beinahe jeder Akteur in der deutschen Automobilindustrie auch eine Rüstungssparte zu Eigen hat. Doch wieso Nationen trotzdem ständig mit Waffen um Ölreserven streiten, ist mir unschlüssig. Schließlich ist doch Bildung unser wichtigster Rohstoff.

Irgendwie scheint es immer um Macht zu gehen. Macht in Form von Land, Macht in Form von Geld oder Macht in Form von *ich habe Recht*. Ihr habt schon richtig gehört, es geht um Religion.

Während das Wort *Glaube* ja ohnehin bereits eine gewisse Subjektivität suggeriert, ist dieser auch heute noch vornehmlich dort anzutreffen, wo Menschen nicht ganz so glücklich mit ihren Lebensumständen sind, weshalb *wir Millenials*, aufgewachsen in einem Industrieland, uns gerne als Atheisten bezeichnen. Mit naivem Gemüt hinterfragen wir das Bedürfnis eines Kirchenoberhauptes, das Jesuskreuz in Schulen und vor allem die Kirchensteuer. Konfirmiert sind wir trotzdem. Oma zuliebe.

Doch diente Religion seit Anbeginn der Zeit ja dazu, den Menschen Rückhalt zu geben und Missständen einen höheren Sinn zu geben. Etwas liberaler formuliert könnte man auch von Storytelling für Ungerechtigkeiten sprechen. Das Leben ist zwar leidvoll, doch wartet im Jenseits die Belohnung, quasi ein Aufopfern für ein größeres Ziel. Auch heute noch muss ein kollektives Unterordnen stets mit einer Gegenleistung verknüpft sein. Dabei wird das Aufopfern gerne instrumentalisiert. Den Krieg haben wir dennoch verloren. Trotz Heldenmythos.

Mit der Reformation wurde damals dem Unverständnis begegnet, dass Auswanderer im Land der unbegrenzten Möglichkeiten zu großem Wohlstand gekommen waren. Sie befriedigte somit das Bedürfnis, kapitalistischen Erfolg nachzuvollziehen. Und obwohl die Zeiten von Adel und Klerus längst vorbei sind, verfallen auch heute noch VOX-Protagonisten dem Traum nach einer Belohnung. Die Auswanderer, unser American Dream. Egal ob Brezel, oder Bratwurst, die *Story* ist gut.

Also eben Nachrichten zum Frühstück. Das *Frühstück* hatte ich bewusst hinausgezögert. Ich genieße es, dem Körper zu zeigen, wo's langgeht. In etwas sadistischer Manier fuhr ich so den ersten Sieg des Tages ein. Eigentlich ja den zweiten, schließlich hatte ich bereits das Bett gemacht.

Never change a running system: Mein erstes Mahl des Tages entzieht sich jeglicher Varianz. So behalte man den Überblick und vergeude keine unnötige Energie für noch unnötigere Entscheidungen. Aus demselben Grund raten Entrepreneure zur Vernachlässigung ihres Äußeren, doch dafür bin ich eindeutig zu eitel.

Nein, würde ich mich gänzlich dem Minimalismus verschreiben, wäre ich bereits mit der Entscheidung, welches Shirt ich für den Rest meines Lebens tragen würde, maßlos überfordert. Obschon ich bei genauerer Überlegung aufgrund der Kombinierbarkeit wohl ein schwarzes Exemplar wählen würde, wäre mir aber sicher das Abonnement einer mit Werbung vollbepackten und aufgrund etlicher Gratisproben stets wunderbar duftenden Männerzeitschrift untersagt. Und auch der Besuch bei meinem Barber bliebe mir wohl verwehrt.

Mein Barber nennt mich stets seinen Freund und überzeugt dadurch, dass er mir regelmäßig einen schwarzen Tee anbietet, ohne jemals etwas für diesen zu berechnen. Völlig umsonst, Wahnsinn!

Meine wahren Freunde hingegen ziehen in Hauptstädte und sind plötzlich sehr beschäftigt, natürlich berufsbedingt. Andere verschlägt es in den Speckgürtel, vornehmlich aufgrund der hohen Mieten in den begehrten Bezirken. Für mich wäre das nichts. Trotzdem habe auch ich die *Wohnungsknappheit* zu spüren bekommen. Der Gentrifizierung begegnete ich uneingeschränkt erwachsen: Mit einem Anruf bei Daddy.

Im Speckgürtel sei man dank Einfahrt und Kleingarten nun *endlich angekommen*. Dort wird das Bärlauch-Pesto neuerdings selbst zubereitet. Über die Zuchini-Brownies freue ich mich trotzdem. Die Tupperware landet immerzu wieder beim Eigentümer. Selbstverständlich gespült.

Heute jedoch keine Experimente: Die Haferflocken sind abgewogen, der Kaffee ist Slow Drip zubereitet. Der Vollautomat hat ausgedient, *Entschleunigung* heißt das Zauberwort. Kaffee als Genuss- statt reinem Konsummittel, Slow-Food als Gegenbewegung zum Coffee to go. Über Aromakomplexität und Sinnlichkeit zu *Lifestyle pur*. Kaffee-Connaisseure, ja die gibt es, detektieren bis zu 800 unterschiedliche Aromen in erlesenen Bohnen. Mehr Lebensqualität durch Schulung der Sensorik, es ist so einfach.

Neben diesem neu vermittelten Lebensgefühl gibt es ökologisches und soziales Engagement inklusive. Zertifizierte Anbaugebiete bescheinigen fairen Handel mit Kleinbauern in strukturell schwachen Ländern. Heute schon was für das Gewissen getan? Check.

Dabei ist es mir doch völlig gleich, ob aus Honduras, Guatemala, Uganda, Äthiopien oder Mosambik, Hauptsache Koffeinkick. Und außerdem weiß meine Generation doch längst, was es mit den ach so wertvollen Zertifikaten auf sich hat. In überspitzten Kurzfilmen werden Whistleblower zu Stars und Regisseure zu Weltverbesserern. Dokumentationen, gerne in Form einer Miniserie, polarisieren die Massen. Immer gegen, nie dafür. Endziel: Askese.

Wem Papierfilter zu altbacken und die technischen Feinheiten dieser Brühkunst nicht ausreichen, dem sei die Siebträgermaschine empfohlen. Gut, dass Slow Drip-Arschlöcher ein Herz für Baristas haben.

Siebträgermaschinen, die Krönung der häuslichen Alles-Optimierung: Es wäre schlicht anmaßend zu behaupten, eine solche Anschaffung würde das Leben *erleichtern*. Vielmehr bedarf es bereits im Vorfeld einer eingehenden Auseinandersetzung mit Brühgruppe, Gehäuse und Aufheizzeit. Ganz individuell, je nach Nutzungsverhalten. Und auch wenn der neue Allrounder mein monatliches Studentenetat um einiges übersteigt, macht sie eben doch *ganz schön was her.*

Aber damit nicht genug. Die Kaffeezubereitung wird zum Erlebnis. Das Streben nach dem perfekten Shot zur Wissenschaft. Ist die richtige Bohne erst einmal ausgesucht, entscheiden Mahlgrad und Temperatur über Erfolg oder Misserfolg. Die gewünschte Grammzahl leuchtet auf, beim Andrücken rast der Puls. Erst jetzt übernimmt die Maschine.

Manch einer mag anfügen, diese Form der Zubereitung möge unserem neu entwickelten Effizienzdenken widerstreben, wäre gar ein gehöriger *Schritt zurück*. Und sicher, Industrialisierung und Henry Ford offenbarten uns Wohlstand durch Technologie. Vorsprung durch Technik. Austausch und Spezialisierung führten über die Globalisierung zu kapitalistischen Strukturen und damit, zumindest im Durchschnitt, zu einer Steigerung der Lebensqualität. Wenn man nicht mehr den ganzen Tag damit aufbringen muss, das Abendessen für die Familie zu besorgen, bleibt eben viel Zeit für andere Dinge. Zum Beispiel das Ausleben künstlerischer Adern in Kaffeetassen: Latte Art.

Wenn aber Märkte auf Angebot und Nachfrage beruhen, frage ich mich, welche Sau eigentlich so beharrlich darauf bestanden hat, dass der Barista um die Ecke mir einen Schwan in den Milchschaum kredenzen muss. Und wenn sich diese Märkte doch ohnehin von selbst regulieren, wie erkläre ich meinen Großeltern, dass man für ein bisschen Kaffeepulver, Wasser und Milch beinahe zehn Mark auf den Tisch zu legen hat?

Dank des Grundkurses BWL ist mir durchaus bewusst, dass auch die Kosten der Dienstleistung mit einberechnet werden müssen. Und keine Sorge, ich werde mich hier keiner superlustigen Großstadt-Barista-Klischees bedienen. Aber dennoch hat es einen gewissen Beigeschmack, wenn sich nur noch Alnatura-Kundenkartenbesitzer ein von tätowierten, Zopf und Holzfällerhemd tragenden Männern zubereitetes Heißgetränk leisten können. Immerhin spare ich zehn Prozent mit wiederverwendbarem Becher. Gibt's den Cappuccino auch mit pflanzlicher Milch?

Langsam kehrt innere Zufriedenheit ein, die Morgenroutine scheint abgearbeitet. Nur meine tägliche Lektüre trennt mich noch von weiteren Ertüchtigungen.

Zeig mir dein Bücherregal und ich sag dir, wer du bist. Alternativ tut es auch die taktisch clever platzierte Ausgabe einer allseits bekannten Wochenzeitung, denn zum Lesen ist diese ja ohnehin zu unhandlich. Natürlich im Probeabo. Man muss schließlich den Überblick behalten, was regelmäßig wiederkehrende Zahlungsverpflichtungen angeht. So predigen es die Jungs auf YouTube.

Je nach Gast oder Fangemeinde sollte genauestens evaluiert werden, welcher Teil der Zeitung oben liegt und somit sichtbar ist. Ich bevorzuge das Feuilleton. Durch die Identifikation mit meiner Lektüre drücke ich eine gewisse kulturelle Versiert- und Weltoffenheit aus und verfeinere ohne große Mühen meinen Geschmack. Und nein, die Liebe zum Reisen ist keine Charaktereigenschaft! Ach, bringen wir es doch einfach auf den Punkt: Ich verstehe das Zeug, und du nicht.

Dabei will ein Feuilleton doch nur Stimmungen zum Ausdruck bringen, den Zeitgeist treffen. Nur beruhen diese Artikel allzu häufig auf Vergleichen. Scheinbar existiert der Drang, uns Globalisierungsgewinnern die eigenen Errungenschaften darzulegen, um mit dem Vorurteil aufzuräumen, früher wäre sowieso alles besser gewesen. Aktuelle Statistiken, ja ganze Bücher zeigen uns, dass der Kapitalismus halt doch irgendwie gut ist.

Definiere Erfolg: Ohne es zu merken hat gar die Kindersterblichkeit rapide abgenommen. Der Homo oeconomicus kann also weiter frohen Gewissens unsere Lebensgrundlage zerstören und Menschen ausbeuten. *Post hoc ergo propter hoc* oder neudeutsch: Nein, einfach nein.

Wie greifbar ist ein schmelzender Eisberg? Spoiler: nicht sonderlich. Unsere Vorstellungskräfte sind endlich. Und leider kann das auch nicht durch ein gehäuftes Maß an Willensstärke kompensiert werden. Um darzulegen, dass bei der Entscheidung, ob der Obstplunder der Kalorien heute wert ist, regelmäßig der Körper den Kürzeren zieht, bedarf es keiner Statistiken zu Fettleibigkeit. Es genügt ein Gang ins Freibad.

Immerzu fühle ich mich angegriffen, wenn ältere Menschen annehmen, jeder teile ihre Erfahrungen, jeder hätte gar jahrelang in ihrem Kosmos gelebt. Dabei leben wir ja alle irgendwie in einer Blase, die heutzutage neben der Herkunft hauptsächlich von subjektiven Empfindungen eines verschiedenartigen Konsums an Medien geprägt ist. Ich für meinen Teil erinnere mich an das bitterböse null zu zwei gegen Italien im Jahr 2006. Vor dem Sommermärchen hingegen tut sich wenig. Gar nicht auszudenken, dass dies zu unterschiedlichen Wahrnehmungen bestimmter Ereignisse der Neuzeit führen könnte.

Jedenfalls galt ein MP3-Player mit 512 Megabyte Speicherkapazität in meiner Kindheit als das Höchste der Gefühle. Mit der Einführung des iPhones hat mein Kumpel Steve ohne Cargo-Hosen der Menschheit ein Gefühl dafür gegeben, was technologisch so alles möglich ist. Nur leider können wir uns auf diesen Fortschritt eben nicht verlassen. Schließlich müssen wir uns ja auch nach wie vor mit dem Ballermann begnügen, anstatt endlich im Flieger in Richtung Mars zu sitzen.

Seelsorger raten zwar eindringlich dazu, im Hier und Jetzt zu leben, und dennoch sollte auch unabhängig von unserer Altersvorsorge ab und an die Zukunft bedacht werden. Denn leider ist unser Planet endlich und eine technologische Lösung noch nicht in Sicht. Obschon skurrile Internetgestalten der ihrigen Verantwortung nicht nachkommen, indem sie heranwachsenden Buben mittels *Online Courses* das Geld aus der Tasche ziehen oder andere Abgesandte über *Filter* ein verkehrtes Rollenbild entstehen lassen, so sollten wenigstens wir die unsrige ernstnehmen. Doch dazu später mehr.

Wenn nur derjenige wirklich frei ist, der die volle Kontrolle über sein Leben hat, dann spielet George Michael auf meiner Beerdigung! Die Betriebsamkeit des Alltags, mein Leuchtturm.

Seit Jahren werden Produktivitätsgurus nicht müde, mir zu erklären, wie ich meine Zeit bestmöglich zu nutzen habe, so dem Nachmittagstief entgehe und damit nicht nur den Vormittag, sondern den ganzen Tag über produktiv bleibe. Dabei sei *meine Zeit* neben *unseren Daten* ja das kostbarste aller Güter. Und dennoch sind sie willens, die ihrige für die meinige zu opfern. Wie gütig!

Entgegen der Auffassung anderer bin ich nicht dem Irrglauben verfallen, eine Weisungsgebundenheit sei eine *bewusste* Entscheidung, und dennoch habe auch ich die Selbstständigkeit gewählt, die Ich-AG. Nie könnte ich mir vorstellen, *für jemand anderen* zu arbeiten. Doch ungeachtet der Frage, was sich diese Guru-Pisser da eigentlich einbilden, geht die Schere nicht nur hinsichtlich deutscher Vermögen, sondern auch hinsichtlich der adäquaten Nutzung meiner Lebenszeit weit auseinander. Obwohl ich dies nur ungern tue, muss ich diese Entscheidung wohl ohne fremde Hilfe treffen, schade.

Mit meinen Daten ist das einfacher. Diese gebe ich großzügig her und der Algorithmus nutzt sie sogleich zu meinem Vorteil: Die Werbung passt nun wie maßgeschneidert. Doch anstatt den filmischen Dystopien Glauben zu schenken, betraue ich lieber Apple. Mit der Speicherung meiner Passwörter.

Hingebungsvoll ergötzen wir uns an der superlustigen Tatsache, dass das Smartphone unser Gebabbel eben mithört. Und ja, es macht Spaß, den Namen einer bekannten Parfummarke, wahlweise in der Öffentlichkeit, in sein Handy zu brüllen und den Freunden am nächsten Tag einen Screenshot zu schicken, der beweist, dass es mal wieder funktioniert hat und das System einem tatsächlich die entsprechende Werbung reingespült hat. Denn wieso auch darüber aufregen? In der DDR haben sie ja auch immer einen glücklichen Eindruck vermittelt. Trotz Abhörung.

In innerer Zufriedenheit über mein bisheriges Tagespensum begebe ich mich vorsichtigen Schrittes in Richtung des Schreibtisches. Im Brüsten um Arbeitsstunden wage ich gar einen kurzen Blick auf die Uhr meines Smartphones. Die Uhr am Handgelenk, ach die kann das auch?

Das Malochen gehört nach wie vor zu den deutschesten aller Tugenden. Erschrocken um die bereits verstrichene Zeit seit Anbeginn des Tages, als mein Mobiltelefon eigenständig den idealen Aufwachzeitpunkt meines Körpers bestimmt hatte, wird es höchste Zeit, sich der Arbeit zu widmen. *Arbeit* muss im allgemeinen Sprachgebrauch ja immer sehr anstrengend, kräftezehrend und darf unter keinen Umständen ergiebig sein.

Als Sklave dieser gesellschaftlichen Norm verschreibe ich mich den Vormittag über dem Schreiben einer Hausarbeit.

Regelmäßig werde ich im Hinblick auf meine unbestritten beeindruckende Arbeitsleistung gefragt, wie ich mich hierfür motiviere. Mag sein, dass ich von Fortuna geküsst wurde, aber *Motivation* existiert an sich ja nur, weil sie manchmal eben auch nicht existiert. Und dennoch geht auch aus dieser Fiktion ein Berufsstamm hervor. Diese, meist männlichen, stets Headset tragenden Speaker stehen auf Bühnen und begeistern die Massen. In der leisen Hoffnung, ein YouTube-Hit zu werden und in der festen Überzeugung, damit *wirklich* Leben zu verändern.

Dabei ist keineswegs eine Anhäufung von Wissen ursächlich für disruptive Geschäftsmodelle der Neuzeit. Nein, entsprechende Akteure legen einfach das richtige *Mindset* an den Tag. Über Institutionen, die das Tanken von Gedanken postulieren, stellen Heilsbringer selbstlos ihre Methoden zur Verfügung und verbreiten zukunftsweisende Ideologien. Und das fern jeglichen Profitstrebens. Durch unkonventionelles Denken könne man so jeden Eisberg bezwingen. Vorausgesetzt, man setze seine Prioritäten richtig. Danke, Messias!

Um der maximalen Effizienz Einhalt zu gebieten, nutzen wir post-pubertären Kids die Pomodoro-Technik, quasi Lernen in Intervallen. 25 Minuten malochen, 5 Minuten Social Media. Und trotzdem bilde ich mir regelmäßig ein, meine Hosentasche, also eigentlich mein Smartphone, würde vibrieren. *Und führe uns nicht in Versuchung.*

Darüber hinaus entfachte jüngst ein Meinungsstreit. *Study with me* Videos machen die Runde. Also Studierende, die sich selbst beim Lernen filmen. Doch damit nicht genug, denn die Nachfrage bestimmt das Angebot. Diese seien nicht *todeslangweilig,* sondern *total inspirierend.* Kritiker beanstanden, das extreme Werben um Produktivität sei toxisch und fordern ihrerseits eine gesunde Work-Life-Balance. Ein Leben im Zwiespalt.

Wandel

Meine Balance: Ein Blick in soziale Netzwerke. Schon wieder ein Aperol schlürfender Urlauber, der das Foto eigentlich nur für sich gemacht hat, *als Erinnerung.* Dabei bin ich gar nicht scharf auf eine Reise nach Bali. Nein, zum Leidwesen des Aperolschlürfers verspüre ich nicht annähernd das Bedürfnis, mich in den nächsten Flieger gen Südostasien zu setzen. Schließlich sorgten jahrelang Beiträge dafür, dass ich das Gefühl habe, bereits dort gewesen zu sein.

Meine Work-Life-Balance habe ich auch so im Griff. Ohne das lieblose Verfrachten von Personen und Gepäck, verbunden mit Prozeduren der Erniedrigung, vom Abtasten des Leibes bis zum Einpferchen in Dreierreihen. Ohne kilometerlange Märsche durch Duty-free-Abteilungen, ohne Langstreckenflug und ohne Vielfliegerstatus.

Ausgenommen meiner Wenigkeit bemüht mein Umfeld zur Förderung der mentalen Gesundheit Meditation oder die allmorgendliche Niederschrift von Dingen, für die man an in jenem Moment gerade sehr dankbar ist. Alles festgehalten in einem *Journal*, damit auch die Nachfahren noch sehen, wie hart man es hatte. In einem Augenblick der Ruhe könne so die innere Zufriedenheit gesteigert werden, gerade wenn das Leben einen Hauch der Anstrengung zu versprühen mag.

So bin ich mir sehr wohl dessen bewusst, welch Privileg es ist, seit Jahren meinen Wissensdurst in Form eines Studiums stillen zu dürfen. Auch wenn sich mir Kontext und Sinn meiner literarischen Ergüsse nicht jedes Mal auf Anhieb erschließen. Die Niederschrift dessen, was vor mir bereits andere irgendwo in irgendeiner Form *erarbeitet* haben. Nur die Fußnote nicht vergessen.

Schon Mutti sagte, man lerne nicht für Prüfungen, sondern für das Leben. Wieso auch Skills aneignen, wenn es für alles Tutorials gibt? Auch andere kluge Menschen bekräftigen vorrangig den Prozess des Lernens, in seiner poetisch-romantischen Form, als wahrlich sinnstiftend. Sollte sich dabei dennoch irgendwann das Gefühl des Malochens einstellen, führe ich mir rasch die Privilegien des Studentendaseins vor Augen.

Und nein, damit meine ich nicht den Welpenschutz, den man zweifelsohne während der sechs bis zwölf Semester

Regelstudienzeit genießt. Auch spiele ich nicht auf die entspannten, sehr flexiblen Arbeitszeiten an. Keineswegs bin ich scharf auf Dosenravioli und auch das WG-Leben ist nur eine Zeit lang spannend, sehr bald jedoch in erster Linie anstrengend. Doch genug der Klischees: Studieren an und für sich ist ein Privileg.

In anderen Ländern hat man ja in der Regel Jahrzehnte lang Studienkredite abzuzahlen, wodurch man sich zumindest nicht sofort dem Arbeitsmarkt entziehen kann und somit eine gewisse Verantwortung der Gesellschaft, der Wirtschaftskraft, ja *unserem Wohlstand* gegenüber huldigt. In Deutschland ist das hingegen undenkbar, zumindest an staatlichen Universitäten. Das Hochschulrahmengesetz als Pfeiler der Chancengerechtigkeit.

Ein Privileg setzt immer voraus, dass mir etwas zusteht, was anderen nicht zusteht. In Bezug auf das Studium haben aber folglich alle die gleichen Möglichkeiten. Ein Trugschluss?

In meinem Umfeld grenzt es an einen Trend zu betonen, die Eltern seien eben *zu reich* für Bafög. Dabei wird gerne übersehen, dass so manches der propagierten Chancengerechtigkeit zuwiderläuft. Man möge sich nur ausmalen, es gäbe Menschen, die nicht den halben Vormittag der eigenen Persönlichkeitsentwicklung widmen können, sondern einer mit Mindestlohn vergüteten Nebenbeschäftigung nachgehen müssen, um ihr Studium zu finanzieren. Von weiteren

Diskriminierungen im Laufe der Karriere, besonders das weibliche Geschlecht betreffend, ganz zu schweigen. *Wehe, ihr bekommt Kinder und wehe, ihr bekommt keine Kinder.* Und ja, solange uns für diese Ungerechtigkeit keine ausgereiftere Lösung einfällt, kann eine Quote ein geeignetes und legitimes Mittel sein, dieser entgegenzuwirken.

Wir sind Meister im Verdrängen. Zumindest im weiteren Sinne führt das Vergegenwärtigen von Problemen im System ja ohnehin nur zu *negative vibes.* Dieser Attitüde entspringt wohl auch die größte modische Einigkeit seit dem Vokuhila: Weiße Sneaker. Eine Erhabenheit, die jeder Realität entrinnt. Die im selben Moment eine jugendliche Dynamik ausstrahlt und nach Individualität schreit. Über konzeptionelle Feinheiten vom Alltagstreter zur Wertanlage. So *lost.*

In meinem Fall: Nix Mindestlohn, Daddy zahlt. Denn ja, bereits meine Eltern kamen in den Genuss einer akademischen Laufbahn. Ja, ich war deshalb in den Sommerferien zum Bedauern meiner Freunde immer sehr lange im Urlaub. Und ja, ich war in meiner Blütezeit ausgesprochen überwältigt, dass Frauen in südeuropäischen Ländern keinen Bikini tragen.

Und trotzdem wäre es halt *schon cool,* irgendwann mal unabhängig von den Eltern zu sein und auf eigenen Beinen zu stehen. Zumindest für das Gewissen, denn die Eltern machen das ja *gerne.* Mit dem Kinderkriegen geht eben Verantwortung einher. Das werden die sich schon reichlich überlegt haben. Generationenverantwortung: Carpe diem.

Immerhin kümmere ich mich gut um meine Investoren. Nur selten entgeht mir der obligatorische Wochenendanruf in der Heimat. Wenn, dann aufgrund chronischer Überproduktivität. Doch wenn es wirklich wichtig ist, dann weiß ich, welche Nummer ich zu wählen habe. Irgendwer muss mir ja die Diagnose von Dr. Google bestätigen. Dabei könnte ich hierzulande auch einfach zu einem richtigen Arzt gehen, anstatt mir von der Suchmaschine meines Vertrauens gleich den Nahtod attestieren zu lassen. Schließlich bin ich versichert. Selbstverständlich privat.

Sogar eine uns vermeintlich nahestehende Besatzungsmacht, dessen Wahlverhalten uns jüngst nachdrücklich verstörte, ist noch nicht auf den Pfad gestoßen, dass mit der verpflichtenden Einführung der Krankenversicherung eine gewisse soziale Sicherheit einhergeht. Als würde nur ich sehen, dass die Worte sich derart ähneln. Nein, *hierzulande* läuft man nicht Gefahr, durch einen gebrochenen Zeh in den Ruin zu stürzen. Außer natürlich, man ist gesetzlich versichert und bekommt mal wieder keinen Termin.

Zu unserer pazifistischen Empörung werden ja auch heute noch etliche amerikanische Militärbasen in Deutschland betrieben. Dabei wurde uns ja eigentlich in Folge des mehr als unkreativ anlautenden *Zwei-Plus-Vier-Vertrages* die nationale Souveränität zurückübertragen. Spätestens mit der Ratifizierung, also dem Zeitpunkt, als alle Beteiligten ihr *geht klar so* zu den Vertragsinhalten gegeben hatten, sollte die Fremdherrschaft ja eigentlich passé sein.

Doch ich vergaß: Irgendwas mit Ost und West. Dabei zählen *wir*, warum auch immer, zum Westen. Die Truppen bleiben also stationiert. Dennoch frage ich mich, was die Boys da den ganzen Tag so machen. Für den ein oder anderen ist es sicher erfüllend genug, für das Vaterland im Dienst zu sein. Doch bleibt eine gewisse Stumpfsinnigkeit nicht aus. Wie ich hörte ist an diesen Basen zumindest stets ein Hard Rock Café aufzufinden. Dort gibt es neben einem Mitbringsel für die Liebsten in Form eines T-Shirts voll authentische Burger. Ein Stück Heimat mitten in Deutschland. Guten Appetit!

Obgleich dieser sozialen Sicherheit in Form von Versicherungen und der Verpflichtung der Elternschaft wird das arme Studentendasein in Deutschland lanciert, ja gar zur Schau gestellt. Allein das Wort *arm* in diesem Kontext auch nur in Erwähnung zu ziehen, grenzt in höchstem Maße an Respektlosigkeit. Der Pinot Noir Jahrgang 2018 schmeckt auch in Ordnung.

An dieser Stelle scheint, so höret, ein Narrativ angebracht. Unser einer *kenne es eben nicht anders*. Schließlich sind wir aufgewachsen in einem Land, das dem Postulat des Optimismus verfallen und dem Fortschritt verpflichtet ist, für welches Stillstand schlicht Rückschritt bedeutet. Immer weiter, immer wachsend.

Ungeachtet der Tatsache, dass uns alte, weiße Männer durch gewisse *Sonderbehandlungen* und anderen mit dem Streben nach Macht verbundenen Verfehlungen eine, sagen wir, etwas besondere Stellung innerhalb des weltweiten Staatenbundes beschert haben. Ist es anmaßend, zu äußern, man sei doch irgendwie stolz, wie wir das in den letzten Jahrzenten wieder *geradegebogen* haben?

Als einziges Land erzählen wir eine Geschichte der Schuld anstelle des Stolzes. Selbst unseren Nationalfeiertag durchzieht dieses Mantra. Alles müsse stets in das große Ganze eingeordnet werden. Die Schulen lehren Aufarbeitung im Zeichen der Reue, die Wirtschaft huldigt dem Zwei-Prozent-Ziel. Die, sehr berechtigte, Urangst der Deutschen, das System könnte kippen oder, noch schlimmer, andere könnten in irgendeiner Art und Weise bevormundet werden, beantworten wir ganz im Stil eines Almans: Bürokratie. Denn wir alle kennen das Gefühl, die andere Supermarktschlange sei schneller. Das Wähnen in der falschen Schlange, *Kopffick.*

Wenn überhaupt, dann sind es Krisen, die dem BIP Einhalt gebieten. Seit meiner Bestallung gab es hiervon reichlich. Externe Shocks aus dem Bereich der Finanzen, der ohne Zweifel mit dem

Terrorismus zusammenhängenden Flüchtlingskrise oder gar eine Pandemie, konnten das Postulat nur kurz kränken, jedoch nie ernsthaft gefährden. So schiele ich weiter auf den Pinot Noir Jahrgang 2015, als würde ich da einen Unterschied schmecken, und rühme mich im Narrativ der Sorglosigkeit. Zwischen dem Streben nach finanzieller Unabhängigkeit und dem malerischen Wunsch, zu studieren *wie die Eltern damals*. Raum und Zeit vergessend. Sex, Drugs & Rock'n'Roll!

Im Falle unserer Eltern war es ja auch noch möglich, die Regelstudienzeit bis auf das Maximum auszureizen, ja gar zu verdoppeln, ohne gleich von der Gesellschaft geächtet zu werden. Studierende meines Fachs hingegen fallen regelmäßig Personaler zum Opfer, die mit Abschluss des Studiums penibel nach Leerzeiten suchen und darüber hinaus eine mehrjährige Berufserfahrung voraussetzen. Selbst für Praktika.

Ein Praktikum, *gerne* im Ausland, ist ja ohnehin moderne Sklaverei. In meinem Fall wurde das mir im Vorfeld prophezeite Kaffeekochen durch die gute alte Excel-Tabelle ersetzt. Die Analogie ist deutlich: Beides macht ein Affe wohl ähnlich gut. Und doch gebe ich mir Mühe. Schließlich gibt es am Ende ein karriereprägendes Zeugnis.

Vielleicht ist die Vergütung weit unter Mindestlohn, bei der ich zur Freude meiner Familie immerhin das erste Mal etwas in die Rentenkasse eingezahlt habe, aber auch dem Umstand geschuldet, dass man die meiste Zeit versucht, den Bildschirm so zu gestalten, dass Mitbeschäftigte nicht den Eindruck bekommen, man könnte empfänglich sein für etwaige Sklavenarbeiten. Gleichzeitig würde man sich aber natürlich niemals die Blöße geben, das Büro vor Einbruch der Dunkelheit zu verlassen.

Vitamin B muss her. Kontakte schaden nur dem, der sie nicht hat. Denn Schande über mein Haupt, weder kann ich zaubern, noch habe ich es an eine *Target Uni* geschafft. Keine Hochburg des Wissens, staatlich.

Außerdem habe ich mich jahrelang dagegen gesträubt, ein Semester im Ausland zu verbringen. Wer behauptet, diese nach einer italienischen Stadt benannte Hochschulreform hätte die bürokratischen Hürden für einen derartigen Aufenthalt simplifiziert, dem wünsche ich eingangs schon mal viel Freude beim TOEFL-Test. Und wer jedwede Strapazen dennoch in Kauf nimmt, dem gönne ich die Randbemerkung im Lebenslauf. Dem gönne ich die geistige Ertüchtigung am anderen Ende Europas. Dem gönne ich jede durchtanzte Nacht auf irgendeiner WG-Party im Studentenwohnheim. Jedes Kaltgetränk und jede Kurzzeitromanze. Balsam für die Seele.

Ich verabscheue die Idee, meine weitere Karriere liege in den Händen von Menschen, die womöglich eine mir weit unterlegene Ausbildung genossen haben. Und dennoch füge ich mich einem System, in dem nur die Jahrgangsbesten über undurchsichtige Auswahlkriterien an die vermeintlich besten Wissensvermittler des Landes geraten, welche besagten Studierenden mit Abschluss des Studiums ein Prädikat aushändigen, welches bescheinigt, dass sie *nun wirklich* zu den Besten ihres Fachs gehören.

Dabei beneide ich Menschen, deren Karrieren im Grunde vorbestimmt sind. Sei es durch die Tatsache, dass beide Elternteile Ärzte sind oder dadurch, dass der Vater ein eigenes Familienunternehmen führt, dessen Fortführung einem bereits in die Wiege gelegt wird, was man unter gar keinen Umständen ablehnen kann, weil man die Eltern ja auch immer irgendwie stolz machen möchte. Und damit meine ich keineswegs den lebenslangen Welpenschutz, der diesen Schützlingen ja eindeutig zufällt. Nein, ich beneide sie darum, sich nicht mit der Frage, *was zur Hölle* man mit seinem Leben anfangen möchte, auseinandersetzen zu müssen.

Denn Möglichkeiten haben *wir* reichlich. Sofern die entsprechenden Startvoraussetzungen gegeben, das Umfeld fördernd und die Blütezeit nicht allzu vereinnahmend war, also demnach in der Entwicklung auch etwas Glück involviert war, beschwert sich meine Blase tendenziell über eine erdrückende Vielzahl an Möglichkeiten. Über zu viele Möglichkeiten, das eigene Leben derart auszurichten, dass der Alltag irgendwann irgendwelchen gesellschaftlichen Konventionen entspricht. Über zu viele Möglichkeiten, den Lebenslauf so gestalten, dass es zur Gewohnheit wird, die Nachbarn an einem Samstagnachmittag ins abbezahlte Eigenheim zum Grillfest einzuladen, um bei diesem stolz von den Plänen für den kommenden Familienurlaub in der Toskana zu erzählen. Über zu viele Möglichkeiten also, *glücklich* zu werden.

Der Zuspruch der Eltern, man sei etwas Besonderes, wurde in meinem Fall spätestens mit der Einführungsveranstaltung im überfüllten Auditorium ad absurdum geführt. Ehe ich mich versah, saß ich im Mittelgang, als einer von vielen. Eine Matrikelnummer unter Tausenden. Und auch wenn sie es ungern zugeben, so haben doch die meisten Eltern immer insgeheim etwas im Sinn für die Kleinen. Mir hingegen wurde beinahe die komplette Entscheidungshoheit zuteil. Es wurde lediglich dazu geraten, mal mit dem Finger auf andere zeigen zu dürfen. Dabei wollte ich ohnehin Chef werden. Ob diese systemrelevant sind, sollen andere beurteilen. *Hauptsache Leistungsträger!*

Auch meine Hausarbeit, von Leistung getragen, primär jedoch Google zuzurechnen. Die Demokratisierung des Wissens schmälert unsere Debattierfreude und befeuert die Macht der Medien. Blind vertraut, selten hinterfragt. Ab in die Fußnote.

Dergleichen vertraue ich Kundenrezensionen. Natürlich weiß ich um den Negativitätseffekt. Also die Tatsache, dass das Gehirn negative Stimuli bevorzugt in Erinnerung behält. Und trotzdem reicht ein einzelner an Durchfall leidender Hotelgast, um den Tab schnell wieder zu schließen.

Letztens bin ich trotzdem einem solchen Schelm aufgesessen. Keine Sorge, mein Magen blieb verschont. Nur entsprechen drei Sternen in der Türkei eben nicht drei Sternen in Deutschland. Überhaupt gestaltet es sich ja auch zunehmend schwerer, motivierte Saufkumpane für derlei Trips zu finden, denn wie erwähnt, wird das Bärlauch-Pesto neuerdings selbst gemacht. Und ja, ihr habt schon richtig gehört: *Männer* gehen saufen. *Urlaub* ist was für Pärchen.

Allgemein hat das Reisen an sich ja die Kraft, uns die Vorzüge im eigenen Land zu offenbaren. Vorausgesetzt, man begibt sich auch mal dorthin, wo der erste Tagesprogrammpunkt nicht aus dem Reservieren der Poolliege besteht, entdeckt man plötzlich Dinge, die im eigenen Land halt doch irgendwie gut laufen. Und das unabhängig unserer prächtigen Autobahn. Denn diese haben wir einem anderen Schelm zu verdanken.

In fremden Kulturen fällt es uns plötzlich sehr leicht, gesellschaftliche Normen schlicht zu akzeptieren. Im eigenen Land hingegen braucht es meist einen rechtlichen Rahmen, um unser Verhalten dem Wohl der Allgemeinheit zu unterwerfen.

Egal ob Steuerzahlung oder Straßenverkehrsordnung: Auf einen Verstoß folgt eine Bestrafung, so die *Norm*.

Ein moralisches Hinterfragen ist sehr wohl legitim. Doch entgeht uns besonders im Falle sozialer Verpflichtungen, welche *nicht* rechtlicher Natur sind, denen wir uns aber besonders in religiös geprägten Kulturen anderer Länder wie selbstverständlich fügen, der eigentliche Sinn und Zweck dieser Gebote: Die Loyalität gegenüber der Gemeinschaft. Es geht um Respekt.

Aufgrund unserer spärlichen Unterkunft hatten wir immerhin *etwas zu erzählen*. Und auch zu zeigen hatten wir reichlich: Buckelhart hatten wir für die Bräune gearbeitet. Hautkrebs riskiert, um Ansehen zu bekommen. Alles für den Moment des Wiedersehens. Alles für die Frage, wie es denn gewesen sei. Welche man natürlich mit *echt lässig* beantwortet, um unter keinen Umständen im Adamskostüm eingestehen zu müssen, dass der Trip im Großen und Ganzen doch ziemlich beschissen war, *weil* das Buffet nach Kotze roch und der Strand an eine Mülldeponie grenzte.

Gesoffen haben wir trotzdem. Für mich als Monk braucht es die ein oder andere alkoholhaltige Spirituose, um in Diskotheken nicht vollends auszuflippen, wenn der Barkeeper das Shotglas mal wieder mit seinen Bargeldgriffeln am Trinkrand berührt. Außerdem macht der Alkohol auch die elektronische Tanzmusik um ein Vielfaches erträglicher. Als man das Ganze noch amateurmäßig betrieben hat, glich es ja einer Sensation, wenn der Gastgeber der Hausparty diese roten Becher aus Amerika bestellt hatte, in denen man dann Rotwein mit Cola mischte, um damit das Mädchen aus der Nachbarklasse zu beeindrucken. Selbstverständlich nicht mit dem Getränk an sich, viel mehr dadurch, dass man sich plötzlich sehr eloquent und selbstbewusst zu artikulieren wusste. Naja, aller Anfang ist schwer.

Nicht jedoch der einer Hausarbeit. Schließlich ist alles irgendwie *im Wandel*. Egal ob Globalisierung, Digitalisierung oder Demografie. Jeder Aspekt wird *zunehmend* wichtiger, relevanter, bedeutender. Zunehmend im Wandel: Nie falsch, doch nur selten kenntnisreich.

Mein heutiges Pensum, also die Einleitung, habe ich erfüllt. Vorrangig meinem Umfeld zuliebe. Denn wäre dem nicht so, hätte ich mich womöglich stundenlang in Selbstmitleid gesuhlt. Dabei liegen selbst dem Jammern selbstdarstellerische, wenn nicht gar egozentrische Antriebsgründe zugrunde. Denn Menschen mit *echten* Sorgen jammern nur selten. So weiß meine Wenigkeit natürlich genau, welche Botschaft sie damit nach außen trägt. In meinem Beispiel möchte ich ja nicht betonen, was ich heute *versäumt* habe. Vielmehr möchte ich kundtun, was ich *geschafft* habe, womit ich aber dennoch nicht zufrieden bin, weil ich ach so große Ansprüche an mich selbst hege. Auch möchte ich mein Gegenüber dazu nötigen, mir ein Kompliment auszusprechen. Möchte hören, dass das ja trotzdem *total beeindruckend* sei und man ruhig auch mal stolz auf sich sein dürfe. Gott, sind wir geil nach Aufmerksamkeit!

Selbstinszenierende Scheinniederlagen, ein trostloser Ruf nach Ansehen: Im letzten Jahr habe ich außerdem die Theorieprüfung für den Sportbootführerschein vergeigt und meinem Umfeld selbstverständlich davon berichtet. Ein bisschen *Pech* mit den Kreuzchen, aber bald sind die Weltmeere mein! Auch der Anstrich eines Comebacks kaschiert den intrinsischen Wunsch, einen Erfolg kundzugeben. Gegensätzlich verhält es sich mit wahren Niederlagen, denn hier gesteht man ja *wirklich* Schwäche ein, weshalb diese nur sehr ungern geteilt werden.

Zutiefst hinterfragen wir ein System, das uns rein auf unsere Leistung reduziert. Gleichzeitig sind wir selbst Teil des Problems, denn auch wir bewerten alles und jeden. Der Trend der Beschleunigung, geprägt durch die Industrialisierung und die digitale Revolution, führte dazu, dass sich jenes Leistungsdenken fest in unserer DNA verankerte. Doch schütteln wir weiter notorisch den Kopf, wenn uns eine Bewertung zuwiderläuft. Wie gesund es auf lange Sicht ist, Momente der Niederlage gänzlich zu kaschieren, wird sich zeigen. Ein Lichtblick: Das Netz honoriert das Eingestehen von Fehlern, gerade *weil* sich andere damit identifizieren können.

Das Offenbaren des Scheiterns, der wohl ehrlichste Protest gegen dieses System.

In meinem Fall wäre dies jedoch schlicht paradox, schließlich habe ich mir die vordefinierte Anzahl an Seiten heute eigens auferlegt. Ganz allgemein wird ja auch das sinnvolle Setzen von Zielen *zunehmend wichtiger*. Quasi obligatorisch müsse man bestimmten Vorgaben nachkommen, um eben nicht in Versuchung zu geraten, seine Mitmenschen bei Nichterfüllung besagter Ziele um Anteilnahme zu bitten.

Gut, dass Ratgeber Abhilfe schaffen und selbstlos ihre Erfolgskonzepte zur Verfügung stellen. Eine aus fünf Buchstaben bestehende *Zauberformel*, kurz und prägnant veranschaulicht, in knapp unter 300 Seiten. Lange um den heißen Brei rumreden war noch nie meine Stärke, dankt mir später.

Aber jetzt mal Realtalk. So viel Heckmeck um ein Paar Buchstaben? So viel Trara, um zu erklären, dass subjektiv gesetzte Ziele realistisch und irgendwie messbar sein sollten? Ob der Dankbarkeit um solch gewaltiger Weisheit dieser *Experten*, würde ich gerne eine weiter Idee ins Feld führen. So sollte ich doch zunächst meine Motive ergründen und diesbezüglich entscheiden, welchen Zielen ich wie viel Beachtung schenke. Erst nach innen und erst dann nach außen blicken.

Ein weiterer literarischer Genuss: *Wie man Freunde gewinnt.* Auch dieses Buch wurde mir empfohlen. Natürlich vom Algorithmus.

In ähnlicher Ausführlichkeit wurde mir dort vermittelt, wie ich mein Gegenüber in Verhandlungen überzeuge und derartige Strategien für das heutzutage essenzielle Networking nutze. Auch hier kann das Geheimrezept gnadenlos runtergebrochen werden: Sei nett. Und natürlich sind die Weltmeere heute mein. Nicht, dass hier noch ein falscher Eindruck entsteht.

Verantwortung

Leben, um zu arbeiten oder arbeiten, um zu leben? Die Monotonie-Spirale des Alltags fürchtet den Montag und zelebriert das Wochenende. Nächster Halt: Frührente.

Obschon ich gelesen habe, diese Art zu leben sei auf Dauer nicht sehr ergiebig, zelebriere ich meinen Feierabend. Gerne mit musikalischer Begleitung. Natürlich nutze ich Spotify. Zwar machten die Schweden die CD-Sammlung meines Papas überflüssig, doch erlebt Vinyl eine Renaissance. Mal wieder *bewusst Musik hören.* Und ja, spätestens durch die Einführung großer Kaufhäuser sind wir es gewohnt, dass stetig Klänge im Hintergrund zu hören sind. Von der Beeinflussung unseres Kaufverhaltens, Jazz wirkt wohl sehr anregend, mal ganz zu schweigen.

Ich für meinen Teil höre durchgängig die gleichen drei Songs. Alle sind sie kaum länger als zwei Minuten. Noch ein Schritt zurück. Doch Spotify honoriert je nach Anzahl der Streams und Deutschrap sagt Danke.

Dabei kennen mich die Schweden in und auswendig. Wären sie fähig, aus meinem Nutzerverhalten ein Charakterprofil zu erstellen, stünde ich irgendwo zwischen Schulabbrecher und Drogenkonsument. Viel Spaß mit den Daten!

Und auch wenn ich bei dem Gedanken etwas ins Schmunzeln komme, dass meinen Grabstein ein Icon des *zur Playlist Hinzufügens* ziert, sollte ich hiervon auf langen Autofahrten dringendst Abstand nehmen. Doch das ist eine andere Baustelle.

Nach einem Power-Nap, also einem zwölfminütigen Nickerchen, bei dem der Alarm einen genau dann wieder *back to reality* holt, wenn der erste Tropfen Speichel gerade das Bettlaken zu berühren droht, verspüre ich Hunger. Abseits jeglicher Motivation diesbezüglich verspiele ich die Führung vorherigen Frühstücks und erwehre mich dem Drang dieses Mal nicht. Eins zu eins.

Mein Körper ist mein Tempel. Nur das Beste ist gut genug. So rechtfertigt ein Pedant wie ich den Einkauf im Bio-Supermarkt. Nur auf dem Wochenendmarkt fühle ich mich unwohl. Das braucht wohl noch ein paar Jahre.

Mit der Industrialisierung entdeckte die Menschheit die Vorzüge des Outsourcens. Und auch heute noch stehen irgendwo fleißige Bienchen am Fließband, damit ich am Ende des Quartals meine fürstliche Dividende ausgeschüttet bekomme. Unabhängig von maschineller Massenproduktion kam selbst unser Familienleben in den Genuss des *andere für sich arbeiten Lassens*. Wo stünden wir nur ohne Kitas?

Zu unseren neuesten Errungenschaften zählt auch, dass die Aushändigung meiner Buddha Bowl wie von Zauberhand vonstattengeht. Zwei Klicks auf meinem Smartphone veranlassen einen orange-gekleideten, teilzeitentlohnten Fahrradfahrer, mir meine eigens zusammengestellte Schüssel mit allerlei Superfoods vor die Tür zu stellen. Trinkgeld mache ich über die App, ist klar.

Auch das gelbe M offenbart ein Zeichen der Unbeschwertheit, und das 24/7. Nur ist der Big Mac heute nicht mehr drin, also kalorientechnisch. Vorbei die Zeiten, in denen Frauen durch Beute zu beeindrucken waren. Der technologische Fortschritt gefährdet den Trieb der Fortpflanzung, die Erhaltung der Spezies. Zum Glück gibt es Sternerestaurants. Auch die schinden Eindruck, auch die machen satt.

Doch selbst wer den Biologieunterricht geschwänzt hat und wem die Evolutionstheorie somit gänzlich fremd ist, dem mag nicht entgangen sein, dass der Wunsch zu beeindrucken zweifelsohne fest in der Genetik der Globalisierungsgewinner verankert ist. Bereits in der Antike waren es ja Helden, welchen Ruhm zuteilwurde, nachdem sie das eigene Volk vor einer Gefahr bewahrt hatten. Doch auch damals schon war Bescheidenheit ihr größtes Attribut.

Vorbei die Zeiten, in denen man auf ein Kompliment zum Outfit, respektive einem bestimmten Kleidungsstück entgegnet, dass man das ja *schon voll lange* besitzt und sich somit in Bescheidenheit übt. Nein, heute erfreut sich ein breites Publikum an Straßenumfragen, welche den Wert, ich wiederhole den *Wert*, der heutigen Garderobe von Passanten ersucht. Dass diese sodann großzügig mit Geldbeträgen hinsichtlich ihrer Tracht um sich werfen, zeigt anschaulich wie es um unseren Geltungsdrang bestellt ist. Es scheint, als fielen diese Passanten durch ein und dasselbe Raster wie gutfrisierte Besucher von Szene-Diskotheken, welche sich, zur Freude aller, eine mit Feuerwerk dekorierte Magnum Champagnerflasche an den eigens angemieteten Tisch in der VIP-Lounge bestellen.

Heute wird unverblümt geprahlt, ohne schlechtes Gewissen gelogen und vorsätzlich beschissen. Die Motive ähneln denen der Kriegsführung. Die kühle Umsetzung bringt mich jedes Mal erneut zum Staunen. Dabei reichen die Auswirkungen von Geschlechtsverkehr bis Weltherrschaft. Meinem vierzehnjährigen Ich blieb beides verwehrt. Und das, obwohl jeder Heranwachsende in weiser Voraussicht stets ein Kondom im Portemonnaie mit sich führt und man sich schon in jungen Jahren mit Freunden verabredete, um Fotos für irgendein soziales Medium zu knipsen. Immer vorausgesetzt, dass ein Mitglied der Clique im Besitz einer neuartigen Spiegelreflexkamera war.

Und, um allen Moralaposteln direkt den Wind aus den Segeln zu nehmen: Natürlich flunkern wir alle hin und wieder. So habe auch ich der Internatsleitung feige ins Gesicht gelogen. Habe *auswärts geschlafen*, um mich dann mit gefälschtem Muttizettel in das Nachtleben zu stürzen, woraufhin ich mich den nächsten Vormittag über, um nicht aufzufliegen, in meinem Internatszimmer verbarrikadieren musste. Zum Glück war die karge Kammer zumindest mit einem Waschbecken ausgestattet. Sonst wäre der Harndrang wohl in der Hose gelandet.

Zeit ist Geld. Diese spätkapitalistische, heilbringende Botschaft überträgt sich trotz zu beklagender Opfer nicht nur auf das Ausbleiben eines Tempolimits auf deutschen Autobahnen, sondern auch auf meinen Alltag. Zudem bin ich ohnehin ungeduldig. Wir Selbstoptimierer brauchen alles sofort und das adäquate Timing des Lieferando-Boten lässt zu wünschen übrig. Selbst Schuld mit dem Trinkgeld.

Aus selbigem Protest gegen den Kapitalismus war es übrigens auch mal angesagt, T-Shirts mit Firmenlogos zu tragen. Ich für meinen Teil bevorzuge den Akt des Kochens. Die Entfaltung meiner selbst, Selfcare.

Um zu beeindrucken tut es Obst im Hauptgang oder der Geruch gebratener Zwiebeln in Olivenöl, kleiner *Lifehack* am Rande. Dabei habe ich feste Kriterien, welche mein Festmahl erfüllen muss: Gesund, nahrhaft, lecker. Der Rest wird supplementiert. Denn wir Optimierer verfallen gerne dem Irrglauben, unser Wohlbefinden mit einer einzigen Tablette am Morgen signifikant steigern zu können.

Die Gesellschaft ergänzt meine Vorgaben um regional und saisonal. Doch *aus Versehen* habe ich mal wieder zu den Tomaten aus Südspanien gegriffen. Ein liebenswerter Mitmensch in der Kassenschlange hatte mich lediglich darauf aufmerksam gemacht, dass Avocados verdammt schlecht für das Klima seien, worauf ich ihm unaufdringlich entgegnete, dass er sein Maul halten soll. Schließlich respektiere ich die mir zugeschriebene Kritikunfähigkeit. Und außerdem muss man sich auch nicht alles gefallen lassen.

Vielleicht war ich auch einfach *hangry*. Dabei sehe ich den Prozess des Wartens ja eigentlich als Challenge. So übe ich mich in Resilienz. Doch beim Einkaufen gerät auch ein ausgefeilter Performer an seine Grenzen. Ist man nämlich dem cholerischen Konsumwahn beinahe entronnen, droht an der Kasse unabhängig von sorgsamen Erbsenzählern die komplette

Kapitulation. Nach dreimaligem Tiefdurchatmen hat man sich ja stets dem angsteinflößenden Tempo der Kassiererin anzupassen, weshalb ein *wahrer* Performer bereits im Vorfeld evaluiert, in welcher Reihenfolge er seine Konsumgüter auf das Band legt. Ohne die Mitmenschen davon in Kenntnis zu setzen, denn man fügt sich dieser gesellschaftlichen Norm ja *gerne*, sollten Volumen und Gewicht in Relation zum Packvolumen gesetzt und hieraus, natürlich empirisch belegt, die Rangfolge bestimmt werden. Man tut, was man kann.

Ein erneuter Blick auf das Smartphone. Ausreichend Zeit bis zur heutigen *Session*. Man muss ja kein unnötiges Risiko eingehen. Außerdem denke ich auch hier an die Gesellschaft: Ein Stuhlgang im Wald verschreckt auch die abgeklärteste Großmutter.

Fleisch esse ich nur noch selten. Zu treffend die Eindrücke aus vergangener Skandal-Doku. Schon spannend, dass Filme wie *Star Wars,* welche Saga ich zu meinem Beschämen nie gesehen habe, der Menschheit mit Anbeginn des Kamerazeitalters ja unweigerlich zeigten, dass der Begriff *Film* in der Regel eine gewisse Fiktion beinhaltet. Ohne wissenschaftliche Belege einzufordern werden Auffassungen aus besagten Dokumentationen hingegen blind übernommen, schaffen es gar, unsere Lebensgewohnheiten gänzlich zu verändern. Dabei suggerieren Klicks Aussagekraft und befeuern die Macht der Medienmacher.

Seit meinem Entschluss bin ich dem Kommunikationsparadoxon schutzlos ausgeliefert. Schaumschläger züchtigen mich, indem sie mir beibringen wollen, es sei inkonsequent und zutiefst bedenklich, dass ich es wage, mir dennoch *wurstförmige* Ersatzprodukte auf den Grill zu legen. Dass ich es außerdem wage, mir meinen Kaffee in Einwegbechern ausschenken zu lassen und zu allem Überfluss ja trotzdem hin und wieder im Auto sitze. Was auch immer das mit dem Dasein als Vegetarier zu tun hat: Diese latent aggressiven Fragen hinsichtlich unseres Konsums, man muss sie einfach lieben.

Full Day of Eating, ein Ausdruck moderner Intimität. Dem inneren Drang mal wieder nachgebend, bis zum Midnight Snack dranzubleiben, das Video auch ja zu Ende zu schauen. Ganz oder gar nicht.

So stürzen wir uns in Extreme und hinterfragen dies nur selten. Neben der Verantwortung gegenüber dem Klima und der Umwelt spielt auch eine gewisse gesellschaftliche Komponente mit ein: Veganismus wird zum Statussymbol. Kuhmilch war gestern, her mit der Hafi.

Auch das Werben um einen minimalistischen Lebensstil entspringt diesem Muster. Minimalismus: Der Reizflut entfliehend und so dem Konsumwahn begegnend, unterwerfen wir uns zwar der Annahme, weniger sei mehr, wirke ach so *befreiend*, und wissen doch insgeheim, welch Statement wir damit nach außen tragen. Durch die propagierte Abneigung gegenüber einem überschwellenden Materialismus wird dieser in Form einer Aufwertung des eigenen Status instrumentalisiert. *Überschuss könnte ich, will ich aber nicht.* Den moralischen Beifang nehmen wir trotzdem mit. Gut für die Umwelt, gut für mich.

Dagegen definieren sich unsere Eltern, die alten Babyboomer, ja noch über ihr Eigenheim, über eine neue PV-Anlage oder sonstigen Konsumquatsch. Natürlich nie ohne zuvor abgeschlossenen Bausparvertrag. Scheinbar hat die Sache mit Ost und West zu einem großen Sicherheitsbedürfnis geführt. Auch dem Besuch werden sämtliche Errungenschaften mit Betreten der eigenen vier Wände stolz präsentiert. Doch nicht mit uns, denn Eigentum *verpflichtet.*

Egal, ob Banker auf Techno-Partys, Drogen konsumierende Manager oder Frank Underwood vor Call of Duty: Das dringende Bedürfnis nach Kompensation. Aus Druck, Angst oder wegen eines zu klein geratenen Gemächts.

Letztere stürzen sich in Monatsraten, ein geleastes Gefährt muss her. Tunlichst einer bayrischen Marke mit drei Großbuchstaben, des Rennens an der Ampel halber. Dabei ist der *Pullermann* doch nur ein Deckmantel für ein uns alle umtreibendes Gefühl: Unsicherheit. Regelmäßig kaschiert durch Materielles. In unserem Fall übernimmt der Hang zur Perfektion. Der Selbstoptimierungszwang, gutmütig in Form von Routinen, vermittelt Sicherheit, gibt uns das Gefühl, unser Leben mehr oder weniger im Griff zu haben.

Denn geht es nicht immer irgendwie um Selbstvertrauen? Leben wir nicht für jene Momente, in denen wir unserer Komfortzone entfliehen? Das Ansprechen eines interessanten Menschen, die letzten Minuten vor Aushändigung des Prüfungsbogens. Sowohl Dating-Experten als auch Politiker fordern, mutig zu sein, etwas zu riskieren. Und auch kurzzeitig verärgerte Eltern ermahnen den spätpubertären Nachwuchs, nun doch endlich mal Verantwortung zu übernehmen. Natürlich nie böse gemeint, man wolle ja nur das Beste für die Kleinen.

Als Paradebeispiel dient Mutti, also *die* Mutti. Seit ich denken kann, also seit sie in kindlich süßer Manier die Hände in die Höhe streckte, als Lahm uns mit diesem herrlichen Schlenzer im Eröffnungsspiel gegen Costa Rica in Führung brachte, hat sie die Regentschaft unseres Landes inne. Eine Konstante, die nur dadurch bröckelte, dass sie ihr Kabinett kontinuierlich mit neuen Ministerposten besetzte. Zwar erschließt sich mir die Befähigung der Abgeordneten, eine Obrigkeit über ein bestimmtes Ministerium zu übernehmen nur selten, doch hat sie uns stets mehr als passabel durch allerlei Krisen geleitet.

Und eben auch ganz viel Mut bewiesen. Sei es bei der Entscheidung, der Atomkraft den Rücken zu kehren oder bei dem Entschluss, dass Deutschland halt doch ein paar Groschen und Quadratmeter für Geflüchtete übrighat. Sie riskierte ihre Legitimation, sagte bewusst *nicht*, was Anne will. Und das, obwohl Mut und Glück so nahe beieinanderliegen.

Doch gestaltet sich das Aufbringen von Risikobereitschaft gar nicht so einfach in einer Welt, in der ein Foto Shitstorms auslösen und ein Konsum-Fauxpas Karrieren kosten kann. *Ja keine Fehler machen:* Man muss schließlich Ressourcen schonen, ans Klima denken. Für den Strohhalm geächtet, für den Flug geschändet. Denn weniger ist mehr. Der Aspekt der Nachhaltigkeit, die Fußfessel des Kapitalismus.

Damals sei man ja noch für etwas eingestanden, für die Sache auf die Straße gegangen. Proteste gegen alles und jeden, so war das damals. Ergo auch die Politisierung der Gesellschaft befindet sich irgendwie im Wandel. Unsere Eltern wollten provozieren, wir wissen es schlicht besser.

Bewusst provokant nutze auch ich Stereotypen, um meine Standpunkte zu festigen. Stets in der Annahme, mein Gegenüber würde die sarkastische Note schon verstehen. So wissen *wir Männer* ja auch unbestritten was *die Frauen* wollen. Und eigentlich habe ich doch keinen blassen Schimmer, wie *meine Generation* so tickt. Doch das in diesem Fall maßlos selbstüberschätzende Generalisieren birgt ernsthafte Gefahren. Denn sind verallgemeinernde Zuschreibungen erst mal eingefahren, entstehen Vorurteile, welche allzu oft in sozialer Diskriminierung münden. Über Schmarotzer, Querdenker und Tunten führt eine Stigmatisierung zu einer Bildung von Randgruppen, wonach diese häufig nur noch einen Ausweg sehen: Radikalisieren.

Von *die da oben* und der klugen Erkenntnis, so eine einzelne Wahlstimme allein könne ja ohnehin nichts bewirken, erscheint meine Generation diesbezüglich ganz schön *lost*. Wir wollen Einfluss haben, bedeutend sein, gehört werden, doch sind nur selten bereit, hierfür etwas zu investieren. Scheinbar hat die technische Entwicklung Spuren hinterlassen. Die Bequemlichkeit schlägt über.

Zweifelsohne wird man bei Teilen unserer politischen Vertretung den Gedanken nicht los, die seien in Kindheitstagen alleine auf dem Schulhof gestanden. Und fordern dennoch Solidarität. In einer Haltung der Verbundenheit müsse man füreinander einstehen. Wir gegen den Rest der Welt.

Und weil wir bezweifeln, dass ein Schäferhund, jedenfalls dem Profilbild nach zu urteilen, durch einen Tweet die Meinung unser aller abbildet, stellen wir die Rubrik *Das sagt das Netz* großer Medienhäuser zu Recht in Frage. Lieber hören wir auf andere Meinungsmacher. Mit großer Reichweite kommt große

Verantwortung: Was früher der Zuspruch eines Lehrers war, sind heute *Reactions*, also entrüstende Kommentierungen vermeintlicher Sozialwissenschaftler. Dabei hat sich die Dimension an Adressanten gänzlich verändert. Sind bunt gefärbte Haare eigentlich wieder in Mode?

Nickend sitzen wir vor YouTube und echauffieren uns über Monopole. Die Güte des Videos, attestiert durch Likes und Dislikes. Klar, Netzwerkeffekte sind schon nützlich, wie auch sonst Geburtstage merken? Doch gehe das ja immer auf Kosten anderer. *Narcos* war zwar spannend, doch Kartelle, ernsthaft?

Da wir einen Dosenöffner immer erst dann brauchen, wenn wir ihn *wirklich* brauchen, sind wir darüber eingekommen, dass sich unser Konsum eben nicht bis ins letzte Detail planen lässt, weshalb wir uns einer sozialen Marktwirtschaft verschrieben haben. Unhinterfragt privatisieren wir Gewinne und verstaatlichen Schulden. Hauptsache die schwarze Null steht.

Der Ruf nach Regulierung: Seit jeher führen wir Debatten, wie viel *Markt* wir wollen, wie viel *Staat* wir brauchen. Letztlich endet ja jede politische Diskussion irgendwann bei der sozialen Frage. Eine scheinbar einfache Antwort: Das bedingungslose Grundeinkommen. Jeder macht nur noch das, was seinen Interessen und Stärken entspricht. Schließlich werden wir ohnehin bald alle von Maschinen ersetzt. Wir lieben einfache *Lösungen*.

Nach wie vor überlassen wir das Spargelstechen aber den Rumänen. Die können das sowieso besser. Und was soll überhaupt diese ganze Thematik um Arbeitsbedingungen? Was juckt mich ein Sack Reis. Ein Hoch auf die Solidarität!

Vielleicht sind wir schlicht zu eitel, um aus Erfahrungen der Vergangenheit zu lernen oder gar zu evaluieren, wie es anderen Ländern so ergangen ist. Denn Funfact: Das darf man. So können Staatseingriffe allem liberalen Stolz zum Trotze dazu beitragen, unseren Konsum zu beeinflussen. Der Legitimation halber sollten diese natürlich gut begründet sein, denn die Dosis macht das Gift. Doch auch freiheitliche Fürsprecher werden nicht abstreiten können, dass unserer Regierung eine gewisse Schutzfunktion innehalten sollte. Regeln und Abgaben zum Erhalt der Natur, zum Schutze unserer Gesundheit und zur Bewahrung unseres Wohlstandes. Und halt irgendwie auch, um der Gerechtigkeit Herr zu werden.

Dabei ist das Konstrukt Steuern, wie es der Wortlaut bereits erahnen lässt, ein probates *Steuermittel*. Beispielhaft anführen lässt sich die Benzinsteuer, damit wir mal wieder öfter das Fahrrad nehmen, die Tabaksteuer, damit wir weniger rauchen oder die Besteuerung unseres Einkommens, um Investitionen in Bildung und Infrastruktur zu tätigen. Und dennoch widmet sich meine Hausarbeit unter dem Deckmantel der betrieblichen

Steuerpolitik der möglichst gewinnbringenden Vermeidung von staatlichen Auflagen.

In vielleicht anmaßender Selbstüberschätzung sehe ich den Elefanten im Raum und formuliere eine Antwort: So viel Markt wie *möglich*, so viel Staat wie *nötig*. Irgendwelche Einwände?

Universitäten hingegen predigen noch immer das Neoliberale als Manifest des Wohlstands. Der Verantwortung der Reichweite verschrieben, über keinen Zweifel erhaben. Wohlstand für alle im Sinne der Volkswirtschaftslehre, getragen durch die Lehrfrage der Spieltheorie: Wie zocke ich dich ab?

Jene Lehrveranstaltung, doziert von einem Alteingesessenen. Für einen Alteingesessenen ist alles *trivial*. Sollte ein Redebeitrag dennoch einen Hauch Intelligenz versprühen, indem sich dieser nicht einer etwaigen Klausurrelevanz widmet, wird mit einem sanftmütigen *d'accord* entgegnet. Und obwohl auch der Alteingesessene die Sinnhaftigkeit von Vorlesungen durch das ausschließliche Ablesen von Foliensätzen in Gefahr bringt, darf eines nicht fehlen: *Kauft mein Buch!*

Womöglich hat auch ihn jenes kompetitive Umfeld geprägt, welches an rechts- und wirtschaftswissenschaftlichen Fakultäten anzutreffen ist. Hatte ich mal wieder verpennt, eine Frist für das Einschreiben in ein Seminar zu wahren, wurde ein Teufel getan, mir die entsprechenden Termine kundzutun. *Ein Konkurrent weniger auf dem Arbeitsmarkt.* Und obwohl ich noch nicht einmal nach Materialien gefragt hatte und den Gedanken, beziehungsweise die Angst, in kleinen Teilen sogar nachvollziehen kann, bin ich mir sicher: Diese Studierende haben sich bereits in der Schule dadurch unbeliebt gemacht, dass sie den Nebensitzenden nicht abschreiben ließen.

Selbst staatliche Institutionen prägt der Egoismus. Ich buche das Bahnticket über die App, mein Opa zahlt am Schalter das Doppelte. Wer zuerst kommt, mahlt zuerst. Dass wirtschaftlicher Erfolg aber vornehmlich auf Zusammenarbeit beruht und auch Krisen nur in gemeinsamer Manier bewältigt werden können, gerät in Vergessenheit. *Miteinander,* ein Auslaufmodell.

Um sich in Bezug auf politische Strömungen nicht festlegen zu müssen, denn das machen wir ungern, wird das Linksliberale salonfähig. Die Idee scheint meiner munter formulierten Antwort zu entsprechen. Kritik am linksliberalen Mainstream der akademisch sozialisierten neuen Mittelschicht gibt es dennoch reichlich: Die Klassenfrage vergessen, Meinungsvielfalt nur vorgetäuscht. *Check your privilege?* Mehr Schein als Sein. Und was bedeutet eigentlich noch konservativ, wenn alles stetig im Wandel ist?

Zugegeben, ein kleines Paradoxon schwimmt mit. Schließlich kam die das Wort *liberal* prägende Freiburger Schule ja damals überein, dass eine Marktwirtschaft am besten funktioniere, wenn staatliche Interventionen gänzlich ausbleiben, während *links* eine

Umverteilung des Staates offensiv einfordert. Vertrauen sei zwar gut, doch Kontrolle eben besser.

Eine liberale Antwort auf die soziale Frage propagiert das Streben nach Freiheit, nach Toleranz und Weltoffenheit. Und wenn es eng wird, dann wird um Hilfe geschrien. Dabei lernt man ja *mit dem Alter*, dass Mutti eben irgendwann nicht mehr da ist, um die Küche wieder sauber zu machen, nachdem man sich bei der Kalkulation von Cornflakes und Milch mal wieder dezent verschätzt hat. Dass man irgendwann zu erhaben ist, den Vater bei Steuerfragen um Rat zu bitten. Dass man irgendwann einfach mal Verantwortung übernehmen sollte.

Verkehrt ist dieser *Mittelweg* keinesfalls. Am Beispiel des Erbens zeigt sich sehr anschaulich, dass ein Kastendenken an Grenzen stößt, sich teils sogar widersprüchlich verhält. Ein freiheitliches Denken beruht auf Leistungsgerechtigkeit und gleichzeitig möchte ich frei über mein Eigentum verfügen können. *Ich entscheide, wer meinen Nachlass bekommt*, so der Standard. Doch hat sich mein Sohnemann dieses Erbe verdient? Ist es *gerecht*, dass er zweifelsohne eine bessere Ausgangsstellung in der Gesellschaft einnimmt, ohne hierfür etwas *geleistet* zu haben?

Juristen würden wohl das Konstrukt der Verhältnismäßigkeitsprüfung bedienen. Die Auslegung liegt sehr wahrscheinlich im Ermessen des Betrachters. Juristen lieben diesen Ausdruck.

Was den klugen Köpfen hinter dem Wahlstimmen-Argument nicht geläufig zu sein scheint: Politik beruht immer auf Abwägung. Es erfolgt ein Ausgleich von Interessen und ein Ausgleich von Gütern. Denn meist gibt es *kein* Patentrezept. Umso relevanter, dass wir miteinander reden, dass wir kritisieren und kritisieren lassen. Denn auch das Schweigen ist ein Sprechakt. Die Wichtigkeit der Opposition, die Bedeutung des Diskurses.

Weil, siehe da: Auch unsere Diskursethik unterliegt dem Wandel. So hatte uns Kant im Zeichen der Aufklärung doch eigentlich gelehrt, aus der selbstverschuldeten Unmündigkeit auszutreten und den *Mut* zu finden, sich seines eigenen Verstandes zu bedienen, um so dem Erwachsenendasein, wie auch immer man dieses definieren mag, ein Stückchen näher zu kommen. Nur im Mitteilen unserer Gedanken liege die Chance, die eigene Perspektive zu überwinden und damit nicht zum Opfer der Selbstzensur zu werden.

Natürlich muss man immer sehen, dass nicht jede Meinung auch ein Argument darstellt, dass nicht jeder *Wissensbekundung* Aufmerksamkeit zuteilwerden sollte und dass manch ein Politiker in seiner Freizeit auch gerne mal ein Buch lesen darf. Doch auch wir sollten bei unseren Äußerungen eine gewisse Vorsicht walten lassen, schließlich werden nur eine Handvoll Leserbriefe in besagter Wochenzeitung abgedruckt. Apropos:

Wer entscheidet eigentlich, welche fünf Beiträge da die Meinung *der Leserschaft* widerspiegeln?

Zumindest stimme ich dem allgemeinen Tonus einer regelmäßigen Befragung zu, welche Angaben zur derzeitigen Verrücktheit unseres Zusammenlebens erfragt: *Neun von zehn*, also sehr verrückt.

Auch mir wohnt ein Unverständnis inne, wieso man Themen wie Rassismus, Antisemitismus und Homophobie derart frequentiert aufgreifen muss und anstelle dessen nicht Aspekte behandelt, die uns wirklich weiterbringen. Schließlich gibt es da doch keine zwei Meinungen. Und nein, ich trage keine rosarote Brille. Denn wie gesagt schaue ich Nachrichten und sehe mit eigenen Augen, dass es wohl vonnöten ist, beinahe ganzjährig eine Polizeistreife vor einer mir nahegelegenen Synagoge zu positionieren. Jegliche Art der Unterdrückung und jede Form der Diskriminierung ist scheiße!

Leider scheint weder die Aufarbeitung an Schulen noch das Teilen von superkreativen *Statements* anderer Medien bestimmte Menschen davor zu bewahren, unser hart erarbeitetes Wertekonstrukt und die Vorzüge unserer Demokratie gänzlich zu vergessen. Auch hier lohnt der Blick über Landesgrenzen hinweg. Die Kommunikation politischer Entscheidungen läuft auch hierzulande keineswegs fehlerfrei. Und trotzdem ist es, ich bitte um Achtung, ein riesiges Privileg, sein Unbehagen diesbezüglich öffentlich äußern zu dürfen, ohne verfolgt oder gar mit Steinen beworfen zu werden. Stichwort Meinungsfreiheit. *Check your privilege, bitch!*

Und dennoch, wieder eine einfache *Lösung*, werden Diskurse einfach unterlaufen. Wenn es aussieht wie ein Hund, riecht wie ein Hund und bellt wie ein Hund, dann ist es aller Voraussicht nach verdammt nochmal ein Hund. Für etwaige Prahlereien: Das zugrundeliegende Forschungsprinzip nennt sich Ockhams Rasiermesser. Doch Verfechter der *Lügenpresse* stigmatisieren lieber *die Medien* und erfinden gänzlich irrsinnige Theorien, um ihre eigenen Schicksale nachzuvollziehen, bei deren Nichteintreten dann plötzlich gähnende Stille einsetzt. Das haben eure Eltern nicht gemeint, als sie sagten, man müsse *für die Sache* einstehen. Man ertappt sich bei dem Gedanken, ein Schulbesuch hätte gutgetan und Drogen während der Schwangerschaft sind *wirklich* gefährlich.

Vielleicht gibt es hierfür ja auch bald eine Zauberformel. Schön wäre es. Doch bis dem so ist, streben wir nach Toleranz, versuchen Antriebsgründe nachzuvollziehen und werden nicht müde aufzustehen, zu tadeln und vor allem zu diskutieren. Und das auch unabhängig davon, was der Wahl-O-Mat mal wieder Lustiges ausgespuckt hat.

Und weil meine Generation es zwar besser weiß, ach so gerne die Zügel in der Hand halten würde, gleichzeitig aber nicht willens ist, die Karriere durch die Zugehörigkeit in einer Partei zu gefährden und deshalb lieber Teil eines neuen politischen Hobbyismus wird, ist es relevanter denn je, welchen Menschen Entscheidungen übertragen werden. Wesentlich sind dabei nicht Straßenumfragen, sondern Wahlen, der Grundpfeiler unserer Demokratie.

Zu beneiden sind Politiker nur selten. Jahrelang, Wochenende um Wochenende, schüttelten sie alte Hände in noch älteren Turnhallen. Nur um dann unter den versammelten Augen der Nation von Lanz in die Mangel genommen zu werden. Wenn er sich da mal wieder jemanden *zurechtlegt*, fühlt sich das in etwa so an, als würde mir mein Cityroller gegen das Schienbein knallen. Doch bedauerlicherweise verstehen diese Metapher nur Leute meiner Generation.

Anerkennung

Gebetsmühlenartig versuche ich mir einzureden, dass ich mich nicht öffentlich über die rutschenden Socken besagten Politikers erzürnen werde. Ich beharre darauf natürlich nur in der Annahme, andere hätten dies längst getan. *Das sagt das Netz.*

Nach getaner Arbeit lasse ich mich gerne von derlei Talkshows berieseln. Andere bevorzugen waschechte *Beefs*, also Möchtegernproleten, die eine uns innewohnende Spannungskurve künstlich hochhalten, indem sie mit dem Feuer spielen, dieses aber nie wirklich zum Entzünden bringen. Klar, Podcasts sind deutlich intimer, schließlich bekommt jeder Talkshowgast nur eine im Vorhinein bestimmte Redezeit zugestanden. Und trotzdem interessiert es mich, wie Menschen die Chance nutzen, sich in einem derartigen Format einer so breiten Masse präsentieren zu dürfen. Das selbstdarstellerische Moment in seiner wohl mechanischsten Form.

Neid ist im allgemeinen Sprachgebrauch ja mitunter sehr negativ behaftet. Regelmäßig stellen sich mir die Nackenhaare auf, wenn Unwissenden die Abgrenzung zur Eifersucht nicht geläufig ist. Ferner bleibe ich auch hier standhaft. Schließlich gelten Besserwisser als unbeliebt.

Sehr wohl hinterfrage ich die sehr rassistisch angehauchte Kategorisierung, wie unter anderem auch die im kindlichen Malunterricht geläufige Bezeichnung der *Hautfarbe*. Und dennoch möchte ich mich der Differenzierung des Neides bedienen: So wünsche ich niemandem Böses und schon gar nicht will ich irgendwem irgendetwas missgönnen. Nein, schwarzer Neid ist echt uncool. Wieso aber nicht die Beweggründe anspornenden, weißen Neids ergründen und sich so auf die Suche nach dem *Purpose* begeben?

Auch mit Schadenfreude geht ja immer etwas einher, was ich an dieser Person bewundere, ja begehre. Und so komme ich überein, dass ich eben auch gerne dort sitzen würde, im Rampenlicht, gut gekleidet mit übereinander geschlagenen Beinen. *Ich* würde Lanz Paroli bieten. *Ich* würde auch mal Lösungen anbieten anstatt immer nur zu kritisieren. Hochmütig bin ich der Auffassung, nein bin ich mir gar sicher, ich könne das besser. Vielleicht hat ja jemand Anregungen, wie man dort zeitnah Platz nehmen darf. Was man tun muss, damit einem die Ehre zuteilwird, große Teile der deutschen Bevölkerung in den Schlaf schaukeln zu dürfen. Länge und Beschaffenheit der Socken würde ich im Vorfeld prüfen. In eitler Manier würde ich potenzielle Gefahrenquellen bis ins kleinste Detail minimieren, denn *confidence is key*. Trotzhaltung aus Eigenschutz.

Dem Anschein nach bin ich wenigstens in meinem Begehren von Titeln nicht allein. Das Präfix des Doktors, die Teilnahme an den olympischen Spielen oder doch schnell ein Gewerbe anmelden, um sich CEO nennen zu dürfen. Malochen wir nicht alle für die Rezeption bei Lanz?

Der Weg in die Höhle der Löwen ist deutlich berechenbarer. Irgendwas mit Digitalisierung und der Dümmel ist sowieso im Boot. Lass uns das gemeinsam *rocken*!

Dabei sei ja ohnehin nur die *Journey* wahrlich schöpferisch. Anerkennung, schön und gut, aber man müsse ja mit sich selbst im Reinen sein. Wenn auch nicht perfekt, so ist auch Geld eine gut gemeinte Form der Anerkennung. Zwar wissen wir alle: Geld allein macht nicht glücklich. Gleichwohl ist es bedeutend angenehmer, in einem Taxi zu weinen als in einer Straßenbahn. Doch rechtfertigt das unsere Gier?

Erfolg entlarvt den Menschen. Sobald vorerwähntes Papier greifbar ist, ändern sich unsere Motive schlagartig. Auch politische Sichtweisen haben das Potential, dem Drang nach

Anerkennung gänzlich zum Opfer zu fallen. Mein Hab und Gut bleibt mein Hab und Gut. Gerechte Umverteilung war einmal. Wir sind eben Opportunisten.

Dabei fungierte Geld ja ursprünglich als Tauschmittel. Als Wertmesser und zur Wertaufbewahrung vermittelt Geld immer eine Form der Sicherheit. Trotz der latenten Angst vor der Inflation.

Im *Ausgang*, wie es meine Schweizer Freunde zu sagen pflegen, fühle ich mich mit einem goldenen Stück Plastik in der Hosentasche ja auch stets wie der König vom Kiez. Ärgerlicherweise führt jenes goldene Stück Plastik aber auch routinemäßig zu einem Nachtmarsch, wenn das Lokal unseres Vertrauens dem Bargeld, vermutlich aus steuertechnischen Gründen, noch immer die ewige Treue schwört und ich deshalb eine möglichst naheliegende Bankfiliale aufsuchen muss, um die Schulden der Gruppe zu tilgen. Auch wird jenes goldene Stück Plastik zum Spekulationsobjekt, wenn mein Anhang mal wieder den Kellner entscheiden lässt, wer die Zeche an diesem Abend zu übernehmen hat, um dem uns angelasteten deutschen Geizkragen zu trotzen und somit den zu zahlenden Betrag *nicht* bis auf den letzten Pfennig aufzuteilen.

Außerdem kam irgendein Banause auf die exzellente Idee, Multimillionäre und Milliardäre nach Höhe ihres Vermögens zu gewichten. Die reichsten und damit unbestritten tollsten

Menschen dieser Erde in einem Ranking, die Forbes-Liste. Wochenlanges Bangen um den Moment, in dem verkündet wird, wessen *Leistung* dieses Jahr in Form einer Erwähnung in Amerikas führender Karrierezeitschrift gewürdigt wird. Dabei reicht es regelmäßig, schlichtweg das flinkste Spermium gewesen zu sein. Aber zu sagen, man hat die ganze Kohle schlicht von Papa geerbt, wäre rücksichtlos ob der damit einhergehenden *Verantwortung*. Immerhin tut ein Großteil auch was für die Gesellschaft, und gibt etwas zurück. Arbeitsplätze zum Beispiel. Die Bezahlung erfolgt *leistungsbezogen*. Der Markt wird's schon regeln. Und wenn ich mich zusätzlich erbarmen sollte, eine Turnhalle zu spenden, dann hat diese verdammt nochmal meinen Namen zu tragen.

Auch in dem Versuch, meinen Großeltern die Berufsbezeichnung des Influencers geläufig zu machen, stoße ich an Grenzen. Verblüffend wie viel Anerkennung Menschen zugutekommt, indem sie Produkte in die Kamera halten und Zuschauer völlig unabhängig von monetären Beweggründen *beeinflussen*. Große Reichweite mit großer Gewinnerzielungsabsicht. Leben im Wandel. Karriereziel: *Creative Director*.

Weiter wird die Gesellschaft nicht müde, sich über Fußballergehälter zu echauffieren. Diese seien *unverhältnismäßig* hoch, entsprächen keineswegs ihrer Leistung. Und auch wenn sie gegen meine Wenigkeit in Bezug auf Arbeitsstunden den Kürzeren ziehen und man für das bisschen Rumkicken keine Target Uni besucht haben muss, so schaffen sie es dennoch Millionen von Menschen in ihren Bann zu ziehen und sogar *Männer* zum Weinen zu bringen. Beim Gedanken an das Sommermärchen entlockt man wohl jedem Deutschen ein Lächeln, so groß war das Gefühl des Zusammenhalts während dieser magischen Wochen.

Unabhängig von der dem Kapitalismus innewohnenden Bildungsrendite, mit welcher mitunter auch der Gender Pay Gap von Universitäten *gerechtfertigt* wird, entbehren Personen des öffentlichen Lebens ja auch immer ein Teil ihrer Privatsphäre, wofür sie eben *entsprechend* entlohnt werden. Doch sollte sich der Diskurs nicht darauf fokussieren, was es über unsere Gesellschaft aussagt, wenn tätowierte Fußballer über eine derart große Reichweite verfügen, dass sie dazu fähig sind, die Meinungsbildung über ihre Stellung als Vorbilder gänzlich zu beeinflussen? Sollten wir nicht hinterfragen, was es bedeutet, wenn Menschen, die wie gesagt *keine* Target Uni besucht haben, plötzlich nach politischen Ämtern streben?

Schließlich sollten *wir* ja entscheiden dürfen, was wir als Gesellschaft wollen. Die Moneten seien ihnen vergönnt, doch wenn die Reichweite nicht mehr nur für Werbezwecke genutzt wird, sondern Aspekte unseres Zusammenlebens beeinflusst, dann sollten wir aufspringen. Und das unabhängig jeglicher Anerkennung.

Auch die Jungs an der Wall Street verkörperten jahrzehntelang den Traum des schnellen Geldes, den American Dream. Zumindest vor dem großen *Crash,* also dem Zeitpunkt, in welchem dem Rest der Welt vor Augen geführt wurde, dass die aus *The Wolf of Wall Street* bekannte, ausschweifend hedonistische Lebensführung dieser Banker nur auf Kosten des Proletariats möglich war. Gleichzeitig wurde offenbart, wie angreifbar unser System ist, wenn eine erlesene Auswahl an Bankangestellten in ihrem energischen Streben nach Anerkennung fähig ist, den Kollaps der Weltwirtschaft herbeizuführen. Dabei ist Schminken ja auch irgendwie Schummeln.

Aus einer neidbedingt ohnehin recht angespannten Stimmung folgte eine starke Aversion dieser Berufsbezeichnung gegenüber. Entgegen einer Pandemie betraf dieser skrupellose Egoismus ja nur ausgewählte Bereiche, weshalb das Jahr 2007 meiner Generation zwar als Mahnmal dient, jedoch abgesehen von der Tatsache, dass zu dieser Zeit irgendwie jeder sein Auto verschrotten ließ, recht unbemerkt vonstatten ging.

Vielmehr hat mich Jordan Belfort inspiriert, ein Studium der Wirtschaftswissenschaften anzutreten und mir eine gewisse Hemdsärmeligkeit zu eigen zu machen. Zumindest hat er einen kleinen Teil dazu beigetragen. Die Szene mit dem Lamborghini war dann doch sehr verstörend. Margot Robbie hingegen ziert noch heute mein Wallpaper.

Dass die Entscheider dieser Welt mit strengeren Regularien auf diesen Missstand reagierten, um einem erneuten Crash vorzubeugen, hält meine Generation nicht davon ab, eigens Vorkehrungen für die private Altersvorsorge zu treffen. Denn diese Vorschriften ähneln eher dem Umstand, dass man in Anwesenheit eines Kleinkindes niemals über eine rote Ampel laufen würde, diese Norm ansonsten aber gänzlich außer Acht lässt. Über Reddit und Penny Stocks streben wir vermeintlich nach Sicherheit, eigentlich nach Freiheit und letztlich wohl doch nach Anerkennung. Schließlich geht es um die *Performance*. Über Netzwerkeffekte *to the moon*. Na dann, guten Flug!

Zwar sind unsere Imaginationskünste in Bezug auf wirklich relevante Themen endlich, doch hegen wir auch bei digitalen Währungen die originelle Hoffnung, durch ein paar Klicks *finanziell unabhängig* zu werden. Denn sind wir doch mal ehrlich: Das Argument, Machtakkumulation zu vermeiden, dient nur Auserlesenen als wahren Antrieb. Und jenseits von technischen Feinheiten, für die sich nur langhaarige Informatikstudenten begeistern, ist das doch alles ziemlicher Humbug.

Leider geht mit viel Geld eben auch viel Macht einher. Unabhängig von der Rolle als Meinungsmacher in sozialen

Medien oder an Universitäten wollen wir doch alle irgendwie bedeutend sein. Uns selbst in das große Ganze einfügend in irgendeiner Form Einfluss nehmen. *Macht* verspüren: Das Gefühl, welches sich Männer in Thailand und Frauen in Jamaika *besorgen.* Entschuldigt, der musste sein.

Dabei sitzen die Mächtigen des Landes bei Lanz. *Die Wirklichkeit gestalten,* ihr großer Antrieb. Die *ganz* Mächtigen hingegen entziehen sich der Öffentlichkeit. Zu groß die Neidkultur im Land der hohen Steuern. Es kann natürlich sein, dass auch sie in den Entscheidungsgremien des Landes vertreten sind. Schließlich ergeht eine politische Entscheidung ja immer aus Gesprächen mit sogenannten *Experten.* Vielleicht wird nach mir ja auch mal eine Strukturreform benannt, deren Einführung zu Existenzängsten und Kinderarbeitslosigkeit führt und nach deren Umsetzung man sich dann mit dem größten Niedriglohnsektor Europas rühmt. Naja, I doubt it.

Nein, die Mächtigen treffen die Entscheidungen. Und ich wäre also gerne einer von ihnen. Dabei wolle sich meine Generation ja partout nicht festlegen, sei mehr als unfähig Entscheidungen zu treffen. Mit selbstironischem Gemüt tue ich ja auch stets die Entscheidung zwischen Pizza und Pasta beim Italiener als *die schwierigste überhaupt* ab. Vielleicht geht es uns wirklich zu gut.

Sehnsucht

Überhaupt, der Italiener *um die Ecke*. Das Gefühl, endlich angekommen zu sein, ein Teil der Community. Speisekarten checke ich stets im Vorfeld. Online, um nicht Gefahr zu laufen, mich vor Ort in Gesellschaft wieder nicht entscheiden zu können. Doch Luigi kennt ohnehin meine Lieblingspizza, einen Tisch bekomme ich dort *immer*. Natürlich kann auch ein Thomas ein italienisches Restaurant betreiben. Identitätspolitik, noch so eine Gefahrenquelle.

Jedenfalls wollen wir nach dem Auszug aus dem Elternhaus, nachdem wir uns in die große weite Welt begeben haben, nachdem wir uns jahrelang von Dosenravioli ernährt haben, endlich wieder angekommen sein. Das Gefühl der Geborgenheit verspüren. Indes identifizieren wir uns noch immer mit unserer Heimat. Unser Umfeld lassen wir das natürlich wissen. Keine

Sorge, ich langweile euch nicht mit nostalgisch angehauchten Gerüchen aus Kindheitstagen. Auch brauche ich euch nicht darüber zu belehren, wie sehr einem die Gesichtszüge bei einem Biss in einen Center Shock entgleiten. Und wäre diese eine Wette nicht so fürchterlich schiefgelaufen, dann würden wir uns auch heute noch samstagabends um die besten Teile in der Color-Rado Dose streiten, während dieser blonde Wuschelkopf ungeniert leichtbekleideten Frauen die Hand auf das Knie legt. Nein, es geht um den Patriotismus *im Kleinen,* alias das Tätowieren der Postleitzahl. Den Vergleich zu KZ-Insassen erspare ich getrost.

Mag sein, dass manch einer vom Elternhaus übernommene Eigenarten wie den Samstagsputz oder das Kreuzworträtsel am Morgen als spießig abtut. Bloß bedeutet Spießertum per Definition ja nur, dass man immer wieder das Gleiche tut. Das sonntägliche Tatortschauen, und zwar nie ohne Pinot Noir, Teil der Routine. Wie *früher* mit den Eltern immer, als das Ende der Abspannmusik den Start der neuen Arbeitswoche einläutete und mich bei dem Gedanken, mich am nächsten Tag lange vor Anbruch der Dämmerung in den überfüllten, mit quengelnden Kindern vollgepackten Schulbus setzen zu müssen, eine große Wehmut ergriff. Schuldig im Sinne der Anklage.

Heimatliebe, die Hymne der Volksfeste, vermittelt eine Form der Sicherheit. Und wenn alles schiefläuft, zurück zu Mutti.

Patriotismus *im Großen* hingegen unangebracht. Aus Respekt unserer Geschichte gegenüber. Sowieso klar.

Auch das Vereinslogo des Lieblingsclubs wird stolz zur Schau getragen. Egal ob Anti-Kommerz oder Erfolgsfan, die Message ist deutlich. Der große Wunsch, einer Gruppe zugehörig zu sein, ergänzt durch unseren Hang zum Extremen mündet im Stadionbesuch: Emotionen rauslassen, den Alltag vergessend. Manieren beiseite, Feindbild Schiedsrichter.

Heute jedoch *Netflix and chill*. Leider alleine. Wobei, eigentlich bin ich ganz froh drum. Denn ehrlicherweise genieße ich es, freitagabends auch mal daheim zu bleiben. Genau so mag ich es, wenn es im Sommer mal regnet und man nicht dieser gesellschaftlichen Norm entsprechen muss, das gute Wetter auch ja *auszunutzen* und etwas zu unternehmen, natürlich in Gesellschaft. Das Internet nennt dieses Phänomen *Social Anxiety*. Dabei bin ich doch mutig und nicht ängstlich.

Memes, also zweifellos das Abbild unserer Gesellschaft, bestätigen mein Empfinden. Generell haben diese lustigen Bildchen ja die Kraft, uns einzutrichtern, wie es um die Gefühlslage unser aller bestellt sei. Über urkomische Vergleiche werden so gesellschaftskritische Meinungen kundgetan, welche nicht selten als allgemeingültig anerkannt werden.

Dabei betrachte ich diese Fotos keineswegs mit stoischer Ruhe, denn stets habe ich meine Bildschirmzeit im Hinterkopf. Also jene Zeit, auf dessen Maximierung die Programmierung des Algorithmus abzielt. Jene Zeit, deren Analyse uns jede Woche aufs Neue verschreckt. Und jene Zeit, die im Freundeskreis als Vergleichsmittel dient, wer sein Leben am wenigsten *im Griff* zu haben scheint. Stichwort Resilienz.

Seit Jahren tun wir unser Allermögliches, um von toxischen Vergleichen auf sozialen Medien Abstand zu nehmen. Doch meist siegt nach wie vor der innere Impuls des Missgönnens. Wir projizieren unsere Unvollkommenheit auf andere und wiegen uns in Unschuld. Instagram und Co. spiegeln ja sowieso nie die Realität wider. Und außerdem würde *ich* so ein Foto niemals posten. Dabei ist doch jeder seines Glückes Schmied. Der Traum vom Dasein als Werbekörper, greifbar für jeden.

Mittlerweile ist es spät geworden, der Performer gerät ins Straucheln. Nach einem zufriedenstellenden Blick ins Depot und einem motivierenden Spruch in meinem Feed lief immerhin das Workout heute wie von selbst. Würde ich doch nur am Schreibtisch mal den Flow State erreichen, wäre ich meinem Kumpel Steve bestimmt schon auf den Fersen.

Wir Selbstoptimierer lieben den Sport, die Glorifizierung unseres Drangs nach Perfektion. Hier entrinnen wir unserer Komfortzone, hier ist Optimieren ausdrücklich erwünscht. Zwar geht das sportliche Bestreben unbestritten auf die Gladiatoren zurück, doch kann ich mich auch heute noch nicht gänzlich damit anfreunden, dass man, respektive Männer, sich daran ergötzen, wie sich ihresgleichen in Käfigen windelweich prügeln.

In Ausdauersportarten übt man sich ja mitunter sehr in Geduld, weshalb die Mehrheit auf der Suche nach schnellen Erfolgen neuartige Fitnessbunker bevorzugt. In voll verspiegelten Hallen wird dem maximalen Körperkult Einhalt geboten, indem unser technologischer Fortschritt jeder Muskelgruppe ein eigenes Gerät widmet.

Dabei kommt ein Aufenthalt in diesen Hochburgen der körperlichen Züchtigung einem Besuch im Kabarett gleich: Testosterongesteuerte *Pumper*, die aus Kanistern trinken, Sportleggins tragende *Fitfluencer*, die unter keinen Umständen auf ihr Äußeres reduziert werden wollen. Und meine Wenigkeit. Total überfordert ob all der Reize bin ich mit dem Auto hergefahren, um mich hier auf ein Ergo Bike zu setzen. Uns alle eint der Wunsch, den Kevin Spacey in *American Beauty* weltberühmt machte: Nackt gut aussehen. Und keine Sorge, Schritte hatte ich bereits ausreichend gesammelt.

Immerhin sparte ich reichlich Zeit, da mir die Karten-App dankenderweise bereits mit dem Einstig in mein Automobil das Angebot unterbreitete, mir die kürzeste Route auf das Display zu projizieren. Und auch kurze Zeit vorher half sie mir, als ich mal wieder vergaß, wo ich mein Auto geparkt hatte. Ich weiß auch nicht, wieso alle immer jammern. Ist doch alles superpraktisch!

Außerdem war ich heute bereits extrem mutig, als ich mir entgegen den Ratschlägen sämtlicher Ernährungsapostel auch nach sechzehn Uhr noch ein wenig Koffein *gegönnt* habe. Natürlich kann ich damit dem Sonnenkönig nicht annähernd das Wasser reichen. Dieser scheint im Freibad mit seiner Musikbox stets der festen Überzeugung zu sein, dass im Radius von hundert Metern jeder weitere Gast seinen Musikgeschmack teilt. Aber was nicht ist, kann ja noch werden.

Ich Konsumopfer habe neuerdings einen Trainingsplan. So kann ich die Verantwortung an meinen Trainer abtreten und mich im Falle einer Niederlage darauf berufen, dass ich nur die ausführende Gewalt bin. So habe ich jene Trainingseinheit natürlich aufgezeichnet, wie selbstverständlich auch gepostet. Bereits während der Session beschloss ich, das Selfie mit einem Löwen-Emoji zu versehen. Auch mir ist unschlüssig, wieso im Kontext der Motivation stets der Löwe als Testimonial herhalten muss. Schließlich liegt er doch den lieben langen Tag auf der faulen Haut.

Likes, sprich Anerkennung, hagelt es trotzdem. *Felt cute, might delete later.* Nonchalance aus Selbstschutz. Mein Instagram-Profil, meine Visitenkarte. Immerhin entfliehe ich so der Diskussion um die richtige Beschaffenheit. Entgegen *American*

Psycho, dem Meister der Morgenroutine, wähle ich nicht Knochen, sondern setzte auf Vielfalt. *Hauptsache authentisch.*

Schon lustig, wie sehr sich manch einer von Zahlen abhängig macht. Egal ob Follower, Gefällt-mir-Angaben oder die Zahl, die aufleuchtet, wenn man die Banking App auf dem Handy öffnet. Das sind dieselben Kinder, denen damals ihr Geburtstag immer *ein Mü* zu wichtig war. Die dann mit vierzehn den ersten Korb bekommen haben und das auch zehn Jahre später noch immer nicht verdaut haben.

Dabei kommt die Zahl der täglichen Interaktionen eines Globalisierungsgewinners einem ganzen Leben im Mittelalter gleich. Wenn ich also der Durchschnitt meiner fünf engsten Kontakte bin, muss ich dann meinen Feed in die Haftpflicht nehmen?

Wie auch immer, nach dem Sport gelüstet es mir nach einer Belohnung. Den Hashtag *treat yourself* als potenzielle Rechtfertigung bereits gedanklich getippt, bleibe ich meinen gesteckten Zielen heute treu. Balance mache ich morgen wieder. Der Community ergeben verliere ich lediglich noch kurz die Contenance über irgendeinen Spacken, der es wagte, mich aufgrund meiner Bildunterschrift zu rügen, dessen Kommentar aber wenigstens den Algorithmus stimuliert, bevor ich mich frohen Gemütes ganz meinem Guilty Pleasure hingeben kann: Tinder.

Meine Generation wird ja bezichtigt, sich auch in Bezug auf die Partnerwahl nicht festlegen zu wollen. Andere stellen diesen Aspekt positiver dar. Es sei ein Privileg, sich nicht festlegen zu müssen. Gleichzeitig sei es ja *so einfach* mit diesen neuen Apps.

In deinem Alter verdeutlicht den Paradigmenwechsel: Je größer die Auswahl, desto länger die Suche. *Babyboomer* heißen nicht ohne Grund *Babyboomer*. Gibt es im Kaufhaus bei klirrender Kälte nur einen einzigen Pullover, dann kauft man halt diesen einen Pullover. Von mangelnder Aufklärung ganz zu schweigen. Und natürlich halten die Ehen unserer Großeltern länger, weil sie gelernt haben, wie man Sachen repariert, anstatt sie wegzuwerfen. Keineswegs lag es an der komplett wirtschaftlichen Abhängigkeit der Frau und der gesellschaftlichen Ächtung der Scheidung. Gott, wäre das unromantisch.

Manch einer verfällt deshalb dem gesellschaftlichen Konsens, wir Millenials seien schlicht beziehungsunfähig. Wie gesagt, wir lieben einfache *Lösungen*. Und gleichzeitig machen wir es uns doch selbst schwer. Das Date soll so unverbindlich wie möglich vonstatten gehen. Schließlich könnte ja das Gefühl entstehen, den anderen irgendwie *einzuengen*, weshalb wir uns zu einem *spontanen* Kaffee treffen, wonach dann ein regelrechtes Verhör durch die Besties folgt. Diese stehen beratend zur Seite bezüglich der Frage, ob das Date des Warmhaltens wert ist. Na, ging was?

Aber nein, eine Reduktion auf technologische Entwicklungen als Ursache allen Übels ist zu kurz gedacht. Wir leben in einer Welt, in der ganze Bücher dem richtigen Antwortzeitpunkt im Messenger gewidmet und Menschen ohne schlechtes Gewissen *geghostet* werden. In einer Welt, in der das Wort *Exklusivität* zum Synonym für Beziehung wird, in der aber erst ein dreimaliges Erwähnen in sozialen Medien als eine solche interpretiert werden darf. In einer Welt, in der *ganz schön deep* der wohl stärkste Ausdruck unserer Emotionalität darstellt. In dieser Welt wirken wir bei genauerer Betrachtung ziemlich *lost*. Wir wissen doch auch nicht, was wir wollen.

Bestenfalls schaffe ich es parallel, diese neue Serie fertig zu schauen. Neuerdings verspüre ich beim Streamen ein Gefühl der Anspannung. Erschlagen von beinahe unendlicher Auswahl dürstet es nach Linearem, wie *damals*. Ich bin unschlüssig, wie Menschen das Gefühl haben, etwas zu verpassen. Schließlich läuft doch alles on demand. Nein, die FOMO habe ich im Griff, nur will ich auch vor Netflix performen. Effektiv und effizient: Die richtige Serie aussuchen und diese dann auch brav zu Ende schauen. Leichter gesagt als getan.

Ich wäre gerne ein Typ, der sich für Filmklassiker aus dem vergangenen Jahrhundert begeistert. Ein Typ, der stets ein passendes Zitat aus einem Streifen einzufügen weiß, der lange vor meiner Geburt gedreht wurde und dem von früheren

Generationen irgendwann der Stempel *Kult* aufgedrückt wurde. Doch nur selten ist meine Aufmerksamkeitsspanne groß genug, um der Versuchung eines Second Screens zu widerstehen und so die eigentlich angesetzte Laufzeit nicht durch unnötiges Abstoppen kläglich zu verdoppeln.

Und außerdem erfreue ich mich ohnehin meist lieber an unterhaltsamen Primaten, die sich bravourös um mein geistiges Wohlergehen kümmern, indem sie mir den Eindruck vermitteln, dass beim letzten Naseschnäuzen mal wieder etwas Gehirn dabei war und die meine eigenen Ängste und Sorgen auf diese Weise plötzlich fürchterlich klein erscheinen lassen: Trash-TV.

Selbstverständlich läuft alles auf Beamer. Ferner bediene ich auch restliche Großstadtklischees. Meine Wohnung, ein Ort der Kunstschätze. Also Bildern, die an Wänden lehnen. Ein Hauch Frankreich, mitten in Deutschland. Dabei spreche ich gar kein Baguette, der Nagel unterlag schlicht dem Stuck. Liberté, Egalité, Weinschorle. Oder so ähnlich.

Ein überteuerter Altbau mit hohen Decken und *Luft zum Atmen*. Mein Schlafplatz, eine Europallette. Mein Womanizer, ein iPad. Die *Roomtour* kommt nächste Woche. Auch an Gäste habe ich gedacht. Ladekabel gibt es reichlich. Und wenn diese kein Apple nutzen? Dann sind das nicht meine Gäste.

Leider wurde mir heute keine Anerkennung zu Teil, kein *Boost* meines Selbstvertrauens. Auf Matches wartete ich vergeblich.

Ich sollte wohl auch zeitnah in den Speckgürtel ziehen, denn angekommen bin *ich* noch lange nicht. Vielmehr habe ich dauerhaft das Gefühl, welches sich einstellt, wenn sich der Deckel des Joghurtbechers mal wieder nicht vollständig lösen lässt. Trübselig aktualisiere ich also weiter die Startseite irgendeines sozialen Mediums. In der Hoffnung, dass etwas passiert. Wenigstens das habe ich im Griff. Soziale Prokrastination, unser Anker.

Das grüne Telefon zeigt einen Anruf in Abwesenheit. Dabei ist *Abwesenheit* ja relativ. Denn eigentlich war ich ja anwesend, habe die Anrufe gar bewusst wahrgenommen. Geschlagene neun mir endlos vorkommende Sekunden hatte ich mit mir gerungen, um schließlich zu dem Entschluss zu kommen, dass mein eng getakteter Zeitplan ein solches Privatgespräch heute nicht zulassen würde. Ich vermisse die Zeiten, in denen noch Briefe geschrieben wurden. Keineswegs kritisiere ich die Schnelllebigkeit unserer Zeit und auch bezweifele ich, dass in mir *doch* ein kleiner Romantiker schlummert. Nein, so entzog man sich der heute gängigen Norm, immer stets auf Abruf funktionieren zu müssen. Heute *hat man* zu antworten, ansonsten könnte ja etwas passiert sein. Doch leider bekommt man ab einem bestimmten Alter nur noch ziemlich beschissene Post. Keine Liebesbriefe, dafür Rechnungen und Mahnungen.

Ehrlicherweise hatte ich mich heute einfach nicht danach gefühlt. Als müsste ich mich dafür rechtfertigen, schon mal was von Privatsphäre gehört? Vermutlich hatten mir sämtliche sozialen Medien heute einfach einen Interaktionsüberschuss beschert. Wenn es wichtig ist, soll er halt eine Sprachmemo schicken. Doch auch diese werde ich auf die lange Bank schieben. Wäre ich selbstbewusst, würde ich mir eingestehen, dass ich jegliche Intimität meide. Wäre ich clever, würde ich nicht die Medien für diese Charakterschwäche verantwortlich machen. Doch das wäre mühsam. *War busy, sorry!*

Eine Entschuldigung offenbart ja eigentlich ein Gefühl der Verletzlichkeit. Über das Zeigen von Reue gesteht man Schwäche ein, oftmals begleitet von einem Ersuchen der Nähe. Jüngst wird diese Geste inflationär genutzt. Als hätte ein jeder Rechtwissenschaften studiert, wollen wir uns bereits im Vorfeld absichern. Um uns danach nichts anlasten lassen zu müssen. Um nicht Gefahr zu laufen, später *wirklich* Schwäche eingestehen zu müssen.

Hinzu kommt, dass wir dem Anschein nach alle das Bedürfnis hegen, unseren Mitmenschen aufzuerlegen, wie beschäftigt wir gerade sind. Dabei darf man, ich gebe mir die Blöße nur ungern, hier besagten Coaches lauschen, welche ja stets die richtige Setzung von Prioritäten einfordern, um den nächsten innovativen Clou zu landen. So lässt sich diese Zauberformel eben doch teilweise auf unser Privatleben übertragen. Natürlich nur, wenn man sich nicht bewusst für eine Weisungsgebundenheit entschieden hat.

Are you still watching? Der allabendliche Gang ins Bad, mein letzter Ruf nach Sicherheit. Ich spiele mit dem Gedanken, meine Skincare etwas auszuweiten. Eine schlichte Darmentleerung und ein triviales Zähneputzen kämen unserem Optimierungswahn nicht annähernd nach. Ich werde das Gefühl nicht los, die Gesellschaft verachtet Menschen, die sich vor dem Zubettgehen nicht noch eine Hand voll Cremes und Lotionen ins Gesicht klatschen. Den Gedanken kurz hinterfragend, während ich mir noch ein Gramm Melatonin reinpfeife und innerlich vermerke, dass die Whitening Zahnpasta wieder nichts gebracht hat, bin ich dann aber doch zu müde, um jetzt noch eine Petition zu starten.

Die vielen Eindrücke des Tages verarbeitend schaffe ich es nach Vorbereitung meiner To-Do List für den kommenden Tag, nach dem Aktivieren des Schlafmodus meines Smartphones, noch einen Moment der Ruhe zu finden. Nur da, wo Leere ist, kann Neues entstehen. Manches werde ich wohl nie verstehen. Wie Menschen getrost 8,50 Euro für ein Gin Tonic bezahlen, dann aber zu knausrig für das Taxi sind. Wie Menschen eifrig das Navi bezwingen und gleichzeitig *ans Klima denken*. Wie Menschen Freiheit anstreben, um Sicherheit zu erlangen.

Wie auch immer, für heute bin ich durch. Ein Anflug von Melancholie, eine nicht näher definierbare Sehnsucht. Dabei liege ich unterbewusst in einer Hüpfburg. Nur hören die anderen Kinder nicht auf zu springen.

Es wäre natürlich eine bodenlose Frechheit, sich *in diesem Alter* bereits als Autor zu bezeichnen. Doch weil es mir ach so wichtig ist, was andere von mir denken, werde ich diesen Text gewiss veröffentlichen. Schließlich braucht es Sportsgeist in einer Welt *stetigen Wandels*. Ein performativer Akt: Es sollen ruhig alle sehen, wie lost ich bin. Dabei habe ich mich ohnehin bewusst kurzgehalten. Denn Zeit ist Geld, und Geld ist geil.

.

Dank

Alle Menschen, die auch in herausfordernden Zeiten des Lächelns nicht müde werden. Macht weiter so.

„Seid lieb zueinander.“ - Tommi Schmitt